Marina B. Neubert

Bella und das Mädchen aus dem Schtetl

Für Kaya Esther und Gaius Shmuel,
in Liebe

Marina B. Neubert

Bella und das Mädchen aus dem Schtetl

Ariella Verlag

Für die im Text hervorgehobenen BEGRIFFE findet sich
am Ende dieses Buches ein Glossar mit einer kurzen Erläuterung.

Unerwarteter Besuch

Es war ein Sommermorgen, an dem Bella früher wach wurde als sonst. Sie hörte, wie die Großmutter in der Küche das Radio einschaltete. Es war erst fünf Uhr. Das Fenster in Bellas Zimmer stand weit offen: die Vögel, die in dem Kastanienbaum direkt davor hausten, wachten langsam auf und holten sich Raupen von den frischen, taufeuchten Blättern. Zuerst hörte Bella nur den einen oder anderen Vogel zwitschern, dann aber mehrten sich ihre Stimmen, und sie fingen an zu singen. Sie drückte sich die Hand aufs Ohr und drehte sich im Bett um. Es war zu früh, um aufzustehen. Selbst an diesem besonderen Tag, an dem sie zehn Jahre alt wurde, war es noch zu früh. Noch ein bisschen, dachte sie und schloss die Augen. Doch schon bald drang ein warmer, süßlicher Duft aus der Küche in ihr Zimmer.

Das sind die RUGELACH!, sagte sie laut und richtete sich rasch auf.

Es waren tatsächlich Großmutters gerollte Schokoküchlein, die Bella über alles liebte. Und keiner konnte sie so gut machen, wie ihre Großmutter. Sie kam jedes Jahr an Bellas Geburtstagen zu Besuch, um für sie Rugelach zu backen, die ganz besonders schmeckten. Denn jedes Mal gab sie eine Überraschung in den Teig. Und Bella versuchte jedes Mal zu erraten, was es war.

Die Großmutter war erst gestern aus Lemberg gekommen. Und wie in jedem Jahr brachte sie aus der fernen Ukraine ihre Wundertasche mit den ganzen Zutaten mit: Schokolade, Nougatcreme, Vanillestäbchen, eingelegte Rosinen und Zimtpulver für die Füllung und sogar zwei große Schüsseln mit duftendem Hefeteig. Anfangs regte sich Bellas Mutter darüber auf. Wir können das alles auch in Berlin kaufen!, sagte sie. Doch die Großmutter antwortete immer das Gleiche: Die Zutaten für *meine* Rugelach gibt's nur in Lemberg. Irgendwann gewöhnte sich Bellas Mutter daran. Und immer, wenn die Großmutter mit der schweren Wundertasche ankam, musste der Vater extra Platz im Auto machen.

Diesmal haben Bella und ihre Mutter die Großmutter alleine vom Flughafen abgeholt. Bellas Vater war gerade auf einer Forschungsreise in Afrika. Er ist Ethnologe und erforscht, wie unterschiedlich die Juden in aller Welt leben. Bei einer seiner vielen Reisen war er Bellas Mutter in Lemberg begegnet, vor zwölf Jahren. Inzwischen war es Bella gewohnt, dass ihr Vater oft weg war. Außerdem brachte er ihr jedes Mal eine MESUSA mit, die ganz besonders war. Sie besaß sogar eine marokkanische Mesusa in Form eines Teelöffels mit einem Ornament aus Minzeblättern. Trotzdem wünschte sie sich, ihr Vater wäre viel öfter zu Hause. Hab Geduld, Kleines, sagte er immer, bald schreibe ich ein spannendes Buch über unser Volk, und du wirst stolz auf mich sein.

Aber heute, zu ihrem zehnten Geburtstag, würde er pünktlich zu ihrer Feier zu Hause sein. Koste es, was es wolle. Das hatte er versprochen.

Bella musste daran denken, was vor einem Jahr geschehen war, und konnte nun erst recht nicht mehr schlafen. Damals war ihr Vater in Thailand gewesen und konnte aufgrund von Regenstürmen nicht wie geplant nach Deutschland fliegen. Was, wenn diesmal wieder so etwas passierte? Bella schaltete die Nachttischlampe ein und griff besorgt nach ihrem Handy. Auf dem Display leuchtete eine Nachricht von ihrem Vater: *Ich bin in Frankfurt gelandet. Nehme den nächsten Flug nach Berlin.*

Hurra!, rief sie und kletterte schnell aus dem Bett.

Ihre Sorge war augenblicklich verflogen, und der süßliche Duft der Überraschungs-Rugelach lockte sie in den Flur. BUBBE hat sich in diesem Jahr bestimmt etwas ganz Besonderes einfallen lassen, dachte sie. Ihre Wundertasche war gestern so schwer, dass die Mutter einen Gepäckträger um Hilfe bitten musste, um sie in den Kofferraum zu bekommen. Außerdem hatte Großmutter mit den Vorbereitungen schon gestern Abend begonnen, obwohl sie nach der Reise so müde war.

Im Flur duftete es nach Orangen. Bella blieb neben der angelehnten Küchentür stehen und schaute durch den Türspalt. Die Großmutter schnitt gerade die Orangen in Scheiben und tauchte sie einzeln in den Topf mit der heißen Nougatcreme. Bella zählte zehn Scheiben.

Die sind doch zu groß, dachte sie. Wie soll die Großmutter sie in die kleinen Rugelach reinkriegen?

Das muss sie gar nicht, sagte eine leise Mädchenstimme hinter ihrem Rücken.

Bella fuhr erschrocken herum.

Da stand ein fremdes Mädchen, so groß wie sie, mit schwarzen Zöpfen und dunkelbraunen Augen.

Die Großmutter wird die Rugelach auf die Scheiben legen, wie kleine Törtchen, fügte das Mädchen hinzu und lächelte Bella an.

Aber ... Bella war immer noch sprachlos.

Sie wäre am liebsten zur Großmutter in die Küche geflüchtet, aber irgendetwas hielt sie zurück.

Das Mädchen hörte nicht auf, sie anzulächeln.

Hast du Angst?, fragte sie.

Bella nickte heftig mit dem Kopf.

Oh, ich verstehe!, sagte das Mädchen. Heute Nacht, als ich plötzlich in deinem Zimmer stand, bekam ich selbst einen Schrecken.

Bellas große Katzenaugen wurden rund vor Staunen.

In meinem Zimmer?!, fragte sie und machte einen Schritt zurück.

Ja, sagte das Mädchen. Stell dir vor, gestern Abend war ich noch zu Hause. Ich bin in den Hof gegangen, um meine Krone für das PURIMFEST zu putzen, und dann auf einmal ... stehe ich in einem fremden Zimmer. Ich hab mich so erschrocken, dass ich nicht mal schreien konnte. Dann habe ich dich im Bett schlafen sehen und bin hinausgerannt. Im Wohnzimmer brannte noch Licht, die Großmutter saß auf der Couch und las in der Zeitung. Es dauerte eine Weile, bis ich verstanden habe, wo ich bin ...

Das Mädchen seufzte.

Meine Mutter macht sich bestimmt Sorgen, sagte sie.

Ruf sie an, brachte Bella leise hervor, immer noch unsicher, ob sie weiterhin mit dem Mädchen sprechen oder lieber die Großmutter zur Hilfe rufen sollte.

Das kann ich nicht, sagte das Mädchen. Bei uns im SCHTETL gibt's nur ein einziges Telefon, beim Postamt, und die Nummer kenne ich nicht.

In wel... In welchem Schtatel?

Das Mädchen schmunzelte. Schtetl, verbesserte sie. Das ist JIDDISCH, ein Städtchen.

Bella starrte sie verständnislos an. Sie hatte keine Ahnung, wovon die Rede war, aber das Gesicht des Mädchens kam ihr sehr vertraut vor.

Welches Städtchen?, fragte sie schließlich.

DROHOBYCZ, antwortete das Mädchen, das ist in der Nähe von Lemberg.

Meine Großmutter kommt aus Lemberg, sagte Bella.

Das Mädchen nickte, als würde sie das schon längst wissen.

In diesem Augenblick wurde Bella etwas klar, das völlig unmöglich schien: Wenn das Mädchen die Wahrheit sagte, so müsste sie im Handumdrehen aus ihrem Städtchen hierher nach Berlin gekommen sein. Und dabei ist Lemberg so weit weg! Wenn Bella und ihre Mutter die Großmutter besuchten, flogen sie erst mal mit dem Flugzeug nach Wien und nahmen von dort aus eine Maschine nach Lemberg. Und wenn Drohobycz noch ein Stück von Lemberg entfernt war, dann musste man bestimmt noch mit dem Bus fahren oder einen Zug nehmen. Wie konnte dieses sonderbare Mädchen so schnell nach Berlin gekommen sein?

Doch Bella traute sich nicht, ihr diese Frage zu stellen.

Aber, sagte sie stattdessen, in Lemberg gibt's doch in jedem Haus Telefone. Wie kommt es, dass es in deinem Schta … Schtetl keine gibt? Habt ihr dort keinen Empfang?

Keinen was?, fragte das Mädchen.

Kein Netz, sagte Bella und war stolz darauf, dass ihr gleich ein anderes Wort eingefallen war.

Doch, sagte das Mädchen. Wir haben Schmetterlingsnetze, Fischernetze, Einkaufsnetze …

Bella lachte.

Ich meine doch nicht …

Ach und dann hat meine Mutter noch ein sehr schönes Haarnetz, fügte das Mädchen hinzu. Das hat sie von ihrer Mutter geerbt, meiner Oma.

Bella sah sie verunsichert an. Erst jetzt fiel ihr auf, dass das Mädchen ziemlich ungewöhnlich angezogen war. Sie trug einen bunten, weit geschnittenen und sehr langen Mantel mit zwei großen Eichhörnchensammeltaschen vorne drauf. Die Kapuze war genauso lang und weit und mit gelbem Teddyplüsch ausgekleidet. Und um die Taille hatte sie einen breiten Stoffgürtel, der weder zu ihr selbst noch zu ihrem Mantel passte: Er war aus glänzender schwarzer Seide.

Das Mädchen bemerkte Bellas prüfenden Blick.

Der Gürtel ist von meinem Vater, sagte sie. Er trägt ihn immer am SCHABBAT, wenn er in die Synagoge geht.

Und warum trägst *du* ihn jetzt?, fragte Bella.

Wie gesagt: Ich bin in den Hof gegangen, um meine Purimkrone zu putzen. Und dazu habe ich mir Vaters schwarzen Gürtel um den Bauch gebunden, damit mein Mantel nicht schmutzig wird. Er ist ganz neu, siehst du?

Sie drehte sich schwungvoll in einer Pirouette. Der Saum ihres Mantels rauschte in die Höhe, wie ein leichter Sommerrock. Bella warf einen Blick auf ihre Füße. Sie trug geschnürte Filzstiefel mit Holzknöpfen und niedrigen Absätzen.

Komisch, sagte Bella.

Das Mädchen zuckte die Achseln.

Was ist denn so komisch?

Dein Mantel … und die Stiefel …

Du meinst, weil sie so altmodisch aussehen?, fragte das Mädchen. Es ist ganz einfach, ich komme aus einer anderen Zeit.

Bella hielt den Atem an. Wie konnte das möglich sein?

Aus welcher Zeit?, fragte sie zögernd.

Aus den 30er Jahren des letzten Jahrhunderts.

Sie sagte das, als wäre es das Gewöhnlichste auf der Welt, aus einem Jahrhundert ins andere zu springen.

Heißt das …?, fragte Bella, immer noch verblüfft und rechnete nach. Heißt das, dass zwischen meiner und deiner Zeit mehr als siebzig Jahre liegen?

Das Mädchen nickte.

Da war meine Mutter ja noch nicht mal geboren, sagte Bella nachdenklich. Und Großmutter war etwa so alt wie …

Wie ich, sagte das Mädchen und lächelte Bella geheimnisvoll an. Ich heiße übrigens Klara.

Meine Großmutter heißt auch Klara, sagte Bella, und mit jedem Wort wurden ihre Augen größer.

Siehst du, seufzte Klara ungeduldig und wies mit dem Kopf in Richtung Küche, wo Bellas Großmutter, in diesem Augenblick genau das machte, was Klara vor wenigen Minuten vorausgesagt hatte.

Sie legt die RUGELACH auf den Orangenscheiben aus, wie kleine Törtchen, stellte Bella verwundert fest. Woher wusstest du das vorhin?

Weil es eine alte Familientradition ist, sagte Klara. Und weil meine Großmutter mir jedes Jahr zum Geburtstag die gleichen Rugelach macht. Und in diesem Jahr, als ich zehn wurde, hat sie sie auf den Orangenscheiben ausgelegt. Genauso!

Das heißt, flüsterte Bella, wir kommen aus der gleichen Familie?

Und ob, sagte Klara. Verstehst du immer noch nicht, wer ich bin?

Bella blieb vor Staunen der Mund offen. Klara sah genauso aus wie ihre Großmutter auf den alten Fotos. Bella kannte die Bilder gut. Nur wenige von ihnen hatten den Krieg überlebt, und ihre Mutter hatte sie im Fotoalbum ganz vorne angeheftet. Bella hatte sie sich oft angesehen. Auf den Bildern war ihre Großmutter selbst zehn Jahre alt und dem fremden Mädchen im Flur wie aus dem Gesicht geschnitten.

Bist du …?

Aber natürlich!, prustete Klara los. Das hat aber gedauert!

Bella schüttelte hilflos den Kopf.

Die kleine Klara war ihre Großmutter, nur aus der Zeit vor siebzig Jahren. Sie brauchte eine Weile, um sich klarzumachen, dass es in diesem Augenblick, an diesem frühen Morgen, an dem sie zehn wurde, in der Wohnung, in der

sie mit ihren Eltern lebte, ihre Großmutter gleich zweimal gab: als eine alte Frau mit silbergrauem Haar, die in der Küche ihre RUGELACH in den Ofen schob, und als zehnjähriges Mädchen mit schwarzen Zöpfen.

Komm, sagte Klara und nahm Bella bei der Hand. Ich muss dir etwas zeigen.

Bella tippte auf Klaras rechte Schulter.

Bist du wirklich echt?

Na klar doch!, rief Klara laut.

Psst! Bella legte den Finger auf die Lippen. Sonst wird die Großmutter dich hören, was machen wir dann?

Sie kann mich nicht hören, sagte Klara.

Sie ist aber nicht schwerhörig, entgegnete Bella und sah durch die Küchentür.

Die Großmutter kam ihr plötzlich so alt und zerbrechlich vor, in ihrem weichen Morgenrock, mit ihren ausgelatschten Plüschpantoffeln. Diese Pantoffeln brachte sie jedes Mal aus Lemberg mit. Vor vier Jahren hatte Bella sie auf dem Dachboden versteckt, in der Hoffnung, die Großmutter würde ohne ihre geliebten Pantoffeln nicht wegfahren und in Berlin bleiben. Aber sie war trotzdem weggefahren. Bella vermisste ihre Großmutter sehr oft, aber sie musste sich daran gewöhnen, dass sie nur in Lemberg leben wollte, nirgendwo sonst.

Vielleicht liebt sie diese Stadt so sehr, weil sie in der Nähe ihrer alten Heimat Drohobycz liegt, dachte Bella jetzt. Vielleicht sollte sie der Großmutter gleich von Klaras Zeitreise erzählen? Damit sie sich freut, wenn sie sich selbst wieder als Mädchen sieht, das immer noch in Drohobycz lebt?

Klara schüttelte den Kopf, als könnte sie Bellas Gedanken lesen.

Das geht nicht, sagte sie. Sie kann mich weder sehen noch hören.

Woher weißt du das?, fragte Bella.

Ich werde dir erzählen, was heute in der Nacht geschehen ist, sagte Klara. Dann wirst du alles verstehen.

Und dann erzählte Klara, während Bella ihr aufmerksam zuhörte, die ganze Geschichte:

Heute Nacht, als ich plötzlich in deinem Zimmer stand, dachte ich zuerst, ich träume. Dann aber, als du dich im Bett umgedreht hast und die Wanduhr schlug, habe ich mich sehr erschrocken. Ich rannte zuerst in den Flur, dann ins Wohnzimmer, wo die Großmutter mit der Zeitung saß. Ich lief zu ihr und fragte sie, wo ich bin. Aber sie las weiter und sah und hörte mich nicht. Ich dachte, sie wäre taub, und rüttelte an ihrem Arm. Aber sie nahm mich nicht wahr. Ich sprang um sie herum, schüttelte an ihr, an der Zeitung in ihrer Hand, aber sie reagierte nicht. Und dann auf einmal fiel mir das Datum auf der Zeitung auf: 21. Juni 2008. Ich bin noch mehr erschrocken. Denn noch vor wenigen Stunden saß mein Vater bei uns zu Hause in der Stube und las meiner Mutter aus unserer *Drohobyczer Zeitung* vor. Dort stand das Datum 16. März 1938. Verstehst du?

Bella nickte und Klara setzte fort:

Ich wusste gar nicht mehr, was ich denken soll. Dann hat die Großmutter auch noch etwas Schwarzes mit bunten Knöpfen genommen. Sie streckte die Hand aus, und plötzlich erschienen Menschen an der Wand! Wie können Menschen in einem glänzenden, schwarzen Kasten sprechen?!

Das ist ein Fernseher, sagte Bella und schmunzelte.

Ich habe so etwas noch nie in meinem Leben gesehen, sagte Klara. Aber ich konnte gar nicht lange darüber nachdenken, denn in dem Moment betrat eine jüngere Frau das Zimmer und fragte Großmutter, ob sie nicht schlafen könne. Ich dachte, ich falle um, als ich diese Frau sah!

Sie war meiner Mutter wie aus dem Gesicht geschnitten. Ich lief zu ihr. Aber sie konnte mich genauso wenig hören wie sehen. Dann verließen die beiden das Wohnzimmer und schalteten das Licht aus, und ich begann zu weinen. Mir war klar geworden, dass das alles kein Traum war: Ich war in einer anderen Zeit, in einer Wohnung mit sprechenden Menschen an den Wänden und einer Frau, die genauso aussah, wie meine eigene Mutter. Und das Allerschlimmste: Kein Mensch konnte mich sehen! Ich bin in der Dunkelheit durch das Zimmer gelaufen, kreuz und quer, und wusste überhaupt nicht, was ich tun soll. Und plötzlich wurde es hell im Zimmer. Durch die Vorhänge vorm Fenster drang ein weiches, klares Mondlicht, und in diesem Licht erschien meine Purimkrone. Ich lief zu den Vorhängen. Die Krone leuchtete auf.

Du meinst die Krone, die du zu Hause sauber machen wolltest?, fragte Bella.

Ja, erwiderte Klara. Aber nur eine Hälfte glänzte im Licht, die andere Hälfte hielt ich noch immer in der Hand. Das war so schrecklich! Unsere alte, silberne Familienkrone war zerbrochen. Das habe ich erst in diesem Moment richtig begriffen. Als ich so plötzlich in deinem Zimmer stand und nicht wusste, wo ich bin, habe ich gar nicht bemerkt, dass ich nur eine Hälfte der Krone in der Hand hielt. Gerade noch hatte ich im Hof unseres Hauses gestanden und wollte sie für das PURIMFEST nachpolieren. Da war sie noch ganz. Und jetzt … Aber als ich auf die im Mondlicht leuchtende Kronenhälfte zugegangen bin, ist das allergrößte Wunder dieser Nacht geschehen: Die Krone hat gesprochen.

Gesprochen?, unterbrach Bella fast flüsternd. Und … was hat sie gesagt?

Das muss ich dir in Ruhe erzählen, nicht hier im Flur.

Dann lass uns in mein Zimmer gehen!

Bella hatte inzwischen keinen Zweifel, dass Klara die Wahrheit sagte, aber sie wollte wissen, was die Krone gesagt hatte. Und sie wollte unbedingt den Teil der Krone sehen, den Klara aus Drohobycz mitgebracht hatte.

Wo ist die andere Hälfte jetzt?, fragte sie.

Ich habe sie vorhin in deinem Zimmer hinter dem Schrank versteckt, erwiderte Klara.

Dann komm jetzt, sagte Bella entschlossen und ging vor.

Klara folgte ihr, blieb aber vor dem Kinderzimmer stehen.

Was ist das?, fragte sie erstaunt und zeigte auf den Türpfosten.

Dort war eine MESUSA befestigt, die Bellas Vater aus Thailand mitgebracht hatte: in Form eines Elefantenstoßzahns.

Eine Mesusa, erwiderte Bella. Weißt du nicht, was das ist?

Aber natürlich weiß ich das! Bei uns zu Hause hängen sie in jedem Türrahmen, ganz normale kleine Kästchen. Ich wusste nicht, dass eure Mesusot wie lange Hörner aussehen.

Bella lachte.

Unsere Mesusot sehen nicht wie lange Hörner aus! Nur diese hier, sie ist aus Elfenbein.

Aaaa, nickte Klara, immer noch voller Staunen.

Jetzt komm, lass uns reingehen, sagte Bella und nahm sie bei der Hand.

Klaras Hand kam ihr vertraut vor: weich, wie ein mit kurzen Steppstichen genähtes Kissen, genauso wie die Hand ihrer Großmutter.

Woher weißt du, dass du meine Oma bist?, fragte sie Klara, bevor sie das Zimmer betraten.

Die Krone hat es mir verraten, erwiderte Klara. Sie hat auch gesagt, dass ich eine Zeitreise gemacht habe, und dass die junge Frau, die so aussieht, wie meine Mutter, in Wirklichkeit meine Tochter ist.

Esthers Krone

Als sie das Kinderzimmer betraten, war es dunkel. Die Nachtlampe, die Bella vorhin eingeschaltet hatte, brannte nicht. Die Glühbirne im Lampenschirm fehlte.

Wo ist denn plötzlich die Glühbirne hin?, fragte Bella verwundert.

Klara ging zum Fenster und zog die Vorhänge auf. Die Morgendämmerung drang ins Zimmer. Bella sah sich suchend um und entdeckte die Glühbirne auf ihrem Kissen.

Wie kommt sie dahin?, staunte sie und drehte sie wieder ein.

Doch als sie die Nachtlampe einschaltete, wich sie erschrocken zurück. Die Glühbirne leuchtete wie eine Flamme auf. Es war ein blendendes, nahezu lebendiges Licht, bunt und schrill: rot, grün, orange, gelb und violett.

Hab keine Angst, sagte Klara. Seit ich hier bin, passiert so etwas andauernd.

Aber was ist das?!

Ich glaube, dass es mit meiner Zeitreise zu tun hat. Es geschieht doch ein Wunder nach dem anderen: Ich bin von einem Jahrhundert ins andere gesprungen, die Krone hat vom Vorhang aus gesprochen, und die Glühbirne hat sich selbst herausgedreht, um in deinem Bett ein Nickerchen zu machen.

Bella lachte.

Klara blickte sich um. Inzwischen war es hell genug, sodass sie die schönen, bunten Zeichnungen, die an der Wand hingen, bewundern konnte.

Hast du die gemalt?

Nein, sagte Bella, sie sind von meiner Mama. Sie ist

Zeichnerin und malt Bilder für Kinderbücher. Und sie malt jedes Jahr das, was für mich wichtig ist und schenkt mir die Bilder zum Geburtstag.

Ein tolles Geschenk, sagte Klara und stellte sich vor die Bilderwand.

Es waren zwölf Aquarellzeichnungen. Jede Zeichnung stand für einen Monat in Bellas Leben und zeigte sie an verschiedenen Orten, mit verschiedenen Menschen: Mal stand sie vor der Schultafel und löste Matheaufgaben; mal übte sie Geige mit ihrer alten Musiklehrerin; mal lief sie mit ihrer Mutter durch die verwinkelten Gassen von Lemberg; mal hörte sie ihrem Vater beim Vorlesen der PESSACH-HAGGADA zu; mal ging sie während der Klassenrundfahrt mit ihren Freundinnen an der Müritz spazieren; mal stand sie beim Voltigieren auf dem Rücken von Jecki, der gutmütigen, braunen Haflingerstute; mal zündete sie zusammen mit der Großmutter die SCHABBATKERZEN an; mal bastelte sie mit ihrer Mutter eine CHANUKKIA aus Walnüssen …

Ein Kerzenleuchter aus Nussschalen? Klara sah Bella fragend an.

Warum nicht?, erwiderte Bella und zeigte auf das Bücherregal, in dem ihre schöne Chanukkia stand.

Sie war aus neun großen Walnusshälften gemacht, bunt bemalt, mit einer hauchdünnen Metallfolie in der Mitte. Dahinter klebte ein Baum des Lebens aus Glanzpapier, mit kleinen, witzigen Vogelgesichtern und karamellisierten Walnusskernen.

Sie sind echt, stellte Klara erstaunt fest.

Magst du sie anfassen?, fragte Bella.

Klara schüttelte den Kopf.

Ich möchte dich nicht länger warten lassen, sagte sie. Du willst jetzt bestimmt die Krone sehen, oder?

Bella nickte.

Dann komm, sagte Klara und holte die eine Hälfte der Krone aus dem Versteck hinter dem Kleiderschrank.

Sie war aus Silber und glänzte so hell, dass Bella die Augen zukniff. Als sie sie wieder öffnete, sagte Klara feierlich:

Das ist Esthers Krone. Sie ist schon seit Jahrhunderten im Besitz unserer Familie. Aber jetzt …, fügte sie bekümmert hinzu, … jetzt ist sie zerbrochen.

Bella nahm die Kronenhälfte in die Hand und traute ihren Augen nicht. Niemals hatte sie etwas Schöneres gesehen. Die Krone war mit vielen bunten Glitzerglöckchen verziert und mit drei großen Edelsteinen besetzt: auf der einen Seite ein leuchtend roter Stein, auf der anderen ein grüner und mittendrin ein durchsichtiger Stein, der im Licht funkelte wie ein Diamant. Alle drei Steine leuchteten jedes Mal aufs Neue auf, wenn Bella sie ansah.

Und diese Krone gehört wirklich dir?, fragte sie. Ich meine, unserer Familie?

Ja, sagte Klara. Sie wurde von allen Frauen in unserer Familie zum Purimfest getragen und von Generation zu Generation weitergegeben.

Gehörte sie vorher der Königin Esther?

Nein, erwiderte Klara. Königin Esther lebte vor mehr als tausend Jahren in Persien. Und die Krone wurde vor etwa vierhundert Jahren gemacht, von einem unserer Ururururgroßväter. Er war ein bekannter Goldschmied in Lemberg. Meine Mutter hat mir erzählt, dass er die Krone einst für seine Nichte zum PURIMFEST gemacht hat. Sie war der Königin Esther sehr ähnlich, so wie man sie aus der jüdischen Geschichte kennt.

So schön?

Ja, so schön. Und genauso bescheiden und gütig. Außerdem hatte sie genauso wie Esther ihre Eltern früh verloren und wurde von unserem Ururururgroßvater großgezogen, wie Esther von ihrem Onkel Mordechai. Kennst du Esthers Geschichte? Weißt du, dass sie Königin von Persien war?

Ja, sagte Bella, das weiß ich. Ihretwegen feiern wir das Purimfest. Weil sie ihr Leben riskiert hatte, um die Juden in Persien zu retten.

In der Tat, erwiderte Klara. Weder ihr Mann, der König Achaschwerosch, noch irgendjemand im Hof wusste, dass sie jüdisch war, als Haman den Plan hatte, alle Juden zu töten.

Warum wollte er das überhaupt?

Er war ein sehr hoher Beamter am Hof von Achaschwerosch, aber das war ihm nicht genug. Er wollte, dass alle Menschen sich vor ihm verbeugten, als wäre er selbst der König. Esthers Onkel Mordechai war der Einzige, der sich nicht verbeugt hat. Das hat Haman so wütend gemacht, dass er nicht nur ihn, sondern gleich das ganze jüdische Volk töten wollte. Und König Achaschwerosch ließ sich tatsächlich dazu überreden. Sogar der Tag stand schon fest.

Und dann?

Dann erfuhr Mordechai von diesem Plan und klagte so laut, dass Esther ihn hörte. Sie ging zum König, obwohl jedem, der ungebeten zu ihm kam, die Todesstrafe drohte. Zum Glück konnte sie Achaschwerosch umstimmen. Und dann geschah etwas vollkommen Unerwartetes: Der bösartige Haman wurde an den Galgen gehängt, den er für Mordechai hatte aufstellen lassen.

Wie im Märchen, sagte Bella.

Es war ein wahres Wunder, erwiderte Klara. Haman wollte mit dem Leben der Juden spielen, wie man mit Würfeln spielt, und hat dafür mit seinem eigenen Leben bezahlt. Die Würfel sind anders gefallen.

Bella nickte einsichtig.

Deshalb verkleiden wir uns auch an Purim, setzte Klara fort, um zu zeigen, dass die Dinge in Wirklichkeit oft anders sind, als man denkt. Alles kann sich jederzeit verändern, von einem Moment auf den anderen. Und genau das ist an Purim geschehen, alles kam anders, als geplant: Statt zu sterben, wurden die Juden in Persien gerettet.

So habe ich das Verkleiden noch nie gesehen, sagte Bella nachdenklich und schwieg eine Zeitlang. Esther muss sehr tapfer gewesen sein.

Ihr jüdischer Name war übrigens Hadassa, sagte Klara.

Meine Mutter heißt auch Hadassa!, rief Bella erstaunt.

Psst, sagte Klara, nicht so laut.

Aber Klaras Warnung kam zu spät. Im nächsten Augenblick hörten die beiden Mädchen, wie die Holzdielen quietschten und jemand durch den Flur eilte. Bella schaffte es gerade noch, die Kronenhälfte unter der Bettdecke verschwinden zu lassen, als sich die Tür öffnete und ihre Mutter das Zimmer betrat.

Was ist, Kleines, hast du mich gerufen?, fragte sie sanft und blickte sich verwundert um. Und warum hast du die Nachttischlampe so hell aufgedreht, hast du schlecht geträumt?

Bella konnte kein Wort sagen, weil sie sich immer noch nicht sicher war, ob ihre Mutter Klara sehen konnte oder nicht. Aber Klara stand neben ihr und lächelte ihr aufmunternd zu.

Ja, ich habe geträumt, sagte Bella erleichtert und lehnte sich an ihre Mutter.

Die Mutter nahm sie in den Arm.

Komm, leg dich noch mal hin, sagte sie und brachte Bella ins Bett. Wovon hast du denn geträumt?

Von dir, sagte Bella und schob die Krone unter der Decke unbemerkt beiseite.

Von mir?

Warum heißt du Hadassa, Mama?, fragte Bella.

Weil meine Großmutter Hadassa hieß. Das bedeutet Myrte, eine weiße Blume. Kannst du dich noch an die Hochzeit von Tante Miriam erinnern?, sagte sie und zeigte auf eine ihrer Aquarellzeichnungen.

Auf dem Bild stand Bella in einem festlich geschmückten Saal und hielt einen Strauß weißer Myrten in der Hand, den sie ihrer Tante vor der CHUPPA überreichen sollte.

Die Myrte ist ein Symbol für den ewigen Bund, setzte die Mutter fort und drehte das Licht in der Nachtlampe schwächer. Ein Zeichen, dass man für immer zusammenbleibt.

So wie wir?

Ganz genau, sagte die Mutter und küsste Bella auf die Stirn. Schlaf noch ein bisschen.

Kaum war sie aus dem Zimmer, richtete sich Bella auf und Klara setzte sich neben sie aufs Bett.

Unsere Mütter heißen beide Hadassa, sagte Klara. Und die Nichte von unserem Urururgroßvater, der die Krone einst gehörte, hieß auch Hadassa. Er hat sie nicht nur großgezogen, sondern später auch geheiratet.

Das heißt, wir stammen von ihr ab?, fragte Bella.

Klara nickte und zog die Bettdecke beiseite.

Im gleichen Moment leuchteten alle drei Steine auf.

Das da ist ein Rubin, erklärte sie und zeigte auf den dunkelroten Schein. Er spiegelt sich in dem funkelnden Topas wieder, siehst du? Und der Stein da, der so wunderschön meergrün schimmert, ist ein Smaragd.

Was für ein schönes Farbenspiel, dachte Bella. Ihr fiel auf, dass die Steine jedes Mal leuchteten, wenn sie selbst oder Klara sie ansahen. Und obwohl der Augenblick so schön war, ging ihr der Gedanke an die zweite Hälfte nicht aus dem Kopf. Etwas Schlimmes musste mit Esthers

Krone geschehen sein, dachte sie. Sonst wäre sie noch ganz, genauso wie in den vergangenen vierhundert Jahren. Und Klara wäre nicht auf diese mysteriöse Zeitreise geschickt worden.

Was ist mit der anderen Hälfte der Krone passiert?, fragte sie schließlich und sah Klara an.

Ja, weißt du, sagte Klara, und schaute betreten zu Boden …

Dann erzählte sie, was vor wenigen Stunden in Drohobycz geschehen war und woran die sprechende Krone sie heute Nacht wieder erinnert hatte.

Ich war zu Hause, fing Klara an. Alle hatten etwas für die PURIMFEIER vorbereitet. Als ich die Krone zum Putzen aus der Verpackung genommen habe und in den Hof gegangen bin, ist etwas Schreckliches geschehen …

Klara holte Luft.

Sie wurde zerstört, sagte sie leise.

Eine Weile schwieg sie. Dann nahm sie offenbar ihren ganzen Mut zusammen und setzte fort:

Weil ich die goldene Regel nicht beachtet habe, die in unserer Familie immer befolgt wurde: Keiner durfte mit Esthers Krone allein das Haus verlassen. Wegen der bösen Gebrüder Stepanko und Andrijko Amalek, die in der Nachbarschaft leben. Sie sind seit langer Zeit schon auf der Jagd nach der Krone. Mein Vater sagt, dass sie aus dem Volk der AMALEKITER stammen, genauso wie der böse Haman. Und dass diese Amalekiter immer schon die Juden gehasst haben.

Warum?, fragte Bella.

Sie hätten es am liebsten, wenn es uns gar nicht geben würde, sagte Klara. Und da sie das nicht erreichen können, wollen sie wenigstens, dass es uns schlecht geht. Die Amaleks aus Drohobycz haben sich unsere Familie ausgesucht. Sie wollten uns immer schon Esthers Krone stehlen. Aber nicht, weil sie selbst sie tragen wollten. Sie wollten sie nur zerstören.

Was haben sie davon?

Sie wissen, dass die Steine in der Krone über Wunderkräfte verfügen. Hast du gemerkt? Immer, wenn man sie ansieht, leuchten sie auf und ein Gefühl der Freude geht durch den ganzen Körper.

Stimmt, das habe ich auch gefühlt!

Die Amaleks gönnen uns diese Freude nicht, sagte Klara, deshalb wollen sie die Krone zerstören.

Aber warum gleich zerstören?, wunderte sich Bella. Sie könnten doch selbst diese Freude fühlen, wenn sie sich die Steine ansehen.

Nein, sagte Klara, das kann nur jemand, der zur Familie gehört, und die Amaleks gehören zum Glück nicht dazu. Und sie werden niemals an die Krone herankommen, wenn die Familie zusammenhält. Der Zusammenhalt bietet uns Schutz. Man darf die Krone nur im Beisein der anderen Familienmitglieder tragen. Immer, wenn wir das Haus zusammen verlassen und die Krone dabei haben, werden die Gebrüder Stepanko und Andrijko so schwach, dass sie nicht mal die Arme heben können. Nur wenn jemand von der Familie fehlt, werden sie stark genug. Und ich habe gestern Abend diese Regel verletzt.

Klara senkte den Kopf.

Aber was ist genau geschehen?, fragte Bella.

Die beiden Brüder haben sich hinter unserem Haus versteckt und uns einfach aufgelauert. Das machen sie öfter so. Als ich dann mit der Krone allein aus dem Haus kam, sind sie sofort über den Zaun gesprungen und haben sie mir aus der Hand gerissen. Sie haben die Krone zu Boden geworfen und angefangen, darauf herumzutanzen. Wie die Wilden! Schon bald gab das Silber nach und Esthers Krone zerbrach. Ich habe um Hilfe geschrien.

Meine Mutter, meine Brüder, die ganze Familie kam angelaufen. Und sofort wurden die Amaleks schwach. Doch sie schafften es noch im letzten Moment, die zerbrochene Hälfte der Krone zu stehlen, bevor sie wegrannten.

Als Bella sah, wie zwei große Tränen über Klaras Wangen rollten, und wie sie versuchte, sie schnell abzuwischen, zog sich ihr Herz zusammen. Meine kleine Großmutter, dachte sie, meine liebste Klara. Sie nahm Klaras Hand in die ihre und fragte leise:

Und dann standest du mit der anderen Kronenhälfte plötzlich in meinem Zimmer?

Ja, sagte Klara. Und ich konnte mich an nichts erinnern. Erst, als die Krone aus dem Vorhang zu mir gesprochen hat, kam mein Gedächtnis wieder zurück.

Und was hast du jetzt vor?, fragte Bella.

Ich muss die andere Hälfte der Krone von den Gebrüdern Amalek zurückholen, sagte Klara. Aber das kann ich nur mit deiner Hilfe.

Mit meiner Hilfe?

Ich kann die Krone nur zusammen mit einem anderen Mädchen aus der Familie retten, aber ich habe nur Brüder. Deshalb bin ich anscheinend hier.

Hat das die sprechende Krone gesagt?

Ja, erwiderte Klara. Das Mädchen soll, genauso wie ich, die Tochter einer Hadassa sein, so wie unsere Ururururgroßmutter Esther hieß. Und das bist du, Bella.

Bella wusste nicht, wie sie Klaras Worte verstehen sollte. Wie konnte sie ihr helfen, die fehlende Kronenhälfte zurückzuholen, wenn sie selbst in der heutigen Zeit lebte und die Gebrüder Amalek, die sie gestohlen hatten und irgendwo versteckt hielten, im letzten Jahrhundert?

Du musst mitkommen, sagte Klara.

Mitkommen? Wohin?

Nach Drohobycz.

Nach Drohobycz?!

Bella sprang auf und lief aufgeregt durch das Zimmer.

Aber wie soll das denn gehen? Wir haben doch kein Geld für die Reise! Und meine Eltern werden mich nirgendwohin allein fliegen lassen!

Dann blieb sie plötzlich stehen und schaute Klara ratlos an.

Zumal du aus einer anderen Zeit kommst, fügte sie hinzu, und unsere Reise würde gar nichts bringen … ich meine … die Gebrüder Amalek sind wahrscheinlich schon längst tot oder alt oder leben nicht mehr in Drohobycz …

Klara hörte ihr mit gesenktem Blick zu.

Wir brauchen weder Geld noch die Erlaubnis deiner Eltern für die Reise nach Drohobycz, sagte sie leise. Wenn wir dort sind, werden die Gebrüder Amalek immer noch da sein und sind seit gestern nur um einen Tag älter geworden.

Aber ich kann nicht, sagte Bella und begann erneut mit großen, hastigen Schritten quer durch das Zimmer zu laufen.

Klara schwieg und beobachtete Bella, wie sie zuerst gegen die Bettkante stieß, dann gegen den Stuhlrand, dann gegen die alte Kommode.

Aua!, rief Bella, als sie über den Teppich stolperte und mit dem Ellenbogen auf der Fensterbank aufschlug.

Alles in Ordnung?, fragte Klara besorgt.

Ja, sagte Bella und rieb sich die Stelle. Ihr Gesicht glühte vor Aufregung, die Lippen waren trocken, die Schläfen pochten.

Ich kann nicht so einfach gehen und meine Eltern verlassen, sagte sie, und meine Großmutter … und ich hab heute Geburtstag, meine Freunde werden mich vermissen.

Aber du kommst doch zurück!

Woher weißt du das?

Wenn wir die andere Kronenhälfte von den Amaleks zurückholen, wirst du wieder in deine Zeit reisen.

Und wenn nicht?, fragte Bella. Was, wenn wir das nicht schaffen?

Dann ..., Klara senkte den Kopf. Dann wirst du wahrscheinlich für immer in Drohobycz bleiben.

Bella ließ sich hilflos auf die Bettkante sinken.

Und wenn ich nicht mitkomme?, fragte sie. Was dann? Hat die Krone dazu auch etwas gesagt?

Ja, sagte Klara. Ich werde dann allein nach Hause reisen, und die Krone bleibt für immer in den Händen der Amaleks. Sie werden die Macht über uns haben, weil wir den Schutz verlieren werden, den wir immer haben, wenn die Familie zusammenhält.

Aber warum?!

Weil du ..., Klara presste die Lippen zusammen und hielt inne.

Weil ich was?

Weil ein Familienmitglied nicht zu der Familie halten wollte, erwiderte Klara.

Bella vergrub ihr Gesicht in den Händen. Klara setzte sich neben sie aufs Bett und legte ihr tröstend den Arm um die Schultern.

Die Wanduhr schlug sechs Mal. Nur eine Stunde war vergangen, seit Klara in Bellas Leben getreten war. Aber Bella kam es vor, als wären bereits Monate vergangen, so viel war inzwischen passiert. Ihr ganzes Leben schien durcheinandergewirbelt.

Sie konnte die Tränen nicht zurückhalten. Alle taten ihr leid. Klara, Esthers Krone, die Familie in Drohobycz, aber vor allem ihre eigene Familie: ihr Vater, der nur wegen ihres Geburtstages schon jetzt aus Afrika zurückkam; ihre Mutter, die viele Nächte damit verbrachte, Bilder für sie zu malen; und natürlich die Großmutter, die nur für sie aus Lemberg angereist war und schon bald mit den frisch gebackenen RUGELACH in ihr Zimmer kommen, ein duftendes Schokoröllchen in die Hand nehmen und laut sagen würde: »Ejn sißes Rugele fir mejne siße FEJGELE!« Mittlerweile kannte Bella diesen jiddischen Satz auswendig: ein süßes Rugele für mein süßes Vögelchen. Wie enttäuscht wird Großmutter sein, wenn sie sieht, dass ich verschwunden bin?, dachte sie. Und meine Eltern? Sie werden sich fürchterliche Sorgen machen und überall nach mir suchen.

Irgendwann hörte sie auf zu weinen und blieb mit geschlossenen Augen reglos sitzen, als würde sie tief und ruhig schlafen. Doch in ihrem Kopf wirbelte ein Sturm: Die Gedanken blitzten hastig auf und wechselten sich so schnell ab, dass sie sie nicht einmal zu Ende denken konnte. Was sollte sie nur tun? Wenn sie Klara nicht half, würde die Familie in Drohobycz keinen Schutz vor den Amaleks mehr haben. Und womöglich würden die Gebrüder Andrijko und Stepanko Klara bedrohen. Bei der Vorstellung lief ihr ein kalter Schauer über den Rücken. Doch andererseits würde sie für eine Zeitreise nach Drohobycz alles riskieren. Denn sie konnte nicht wissen, ob sie jemals wieder zurückkommen würde.

Noch eine Weile saß sie mit geschlossenen Augen da, aber sie weinte nicht mehr. Sie hörte, wie die Tauben auf der Fensterbank zu gurren begannen: Es waren Nika und Blui, ein Pärchen, das im Sommer jeden Morgen kam, um den Sonnenaufgang zu begrüßen. Bellas Fensterbank war die einzige im Haus, die trotz des dicht belaubten Kastanienbaums die ersten Sonnenstrahlen des Tages auf sich zog. Bella hörte dem Gurren zu und ließ ihre Gedanken weiterwandern. So ähnlich muss es Königin Esther gegangen sein, dachte sie. Als der böse Haman seinen Plan gegen die Juden in Persien wahrmachen wollte, musste sie viel riskieren, um ihrem Volk zu helfen. Dabei wusste sie genauso wenig, wie alles ausgehen würde: ob König Achaschwerosch sie töten lassen würde oder nicht.

Mit einem Mal gurrten Nika und Blui lauter. Die Sonne geht auf, dachte Bella und öffnete die Augen. Ein Lichtstrahl streifte über Klaras Haar und erinnerte sie an das, was Klara vorhin gesagt hatte: dass an Purim große Wunder geschehen würden, und dass alles sich immer noch zum Besten wenden könne. Sie atmete tief durch. Wer weiß?, dachte sie. Vielleicht geschieht dieses Wunder ja auch mir? Ich werde die Krone von den Amaleks zurückholen und wieder nach Hause kommen.

Dieser Gedanke beruhigte sie.

Es geht nicht anders, rief sie auf einmal, so unerwartet, dass Klara zusammenzuckte.

Was geht nicht anders?

Ich muss zu meiner Familie halten, sagte Bella. Versprich mir nur, dass wir in Drohobycz alles versuchen werden, um die Krone zu retten.

Ich verspreche es, sagte Klara.

Bella richtete sich entschlossen auf und nahm ein Blatt Papier und einen Stift. Während Klara ihr voller Bewunderung zusah, schrieb sie den folgenden Brief an ihre Familie:

Liebe Großmutter, liebe Mami und lieber Papi!

Bitte sorgt euch nicht, weil ich nicht zu Hause bin.

Ich muss für eine kurze Zeit weg.

Ein Mädchen braucht meine Hilfe.

Bald komme ich zurück.

Bitte sagt meinen Freunden, dass wir
meinen Geburtstag nachfeiern werden.

Ich liebe euch,
Bella.

Sie faltete den Brief zu einem Dreieck zusammen. Erst dabei fiel ihr auf, dass sie noch nie zuvor einen Brief geschrieben hatte. Hin und wieder schrieb sie ein Zettelchen an die Banknachbarin, eine Geburtstagskarte oder eine E-Mail, aber nie einen Brief. Er fühlte sich fest in ihrer Hand an, wie etwas, worauf man sich verlassen konnte. Sie legte ihn auf ihr Kopfkissen. Dann ging sie zum Schrank, holte den weißen Rock heraus, den sie gestern zum Musikunterricht angehabt hatte, nahm das bunte T-Shirt und die weißen Sandalen und begann sich anzuziehen.

Klara hielt sie auf.

Zieh dir bitte etwas Warmes an, sagte sie. Es ist kalt draußen.

Es ist Sommer, sagte Bella erstaunt.

Du hast es schon wieder vergessen, erwiderte Klara. In deiner Zeit ist jetzt Sommer und in meiner ist März, der jüdische Monat ADAR.

Ach, stimmt! Verschiedene Jahrhunderte, verschiedene Jahreszeiten …

Ja, weil heute Purim ist. Klara schmunzelte. Und an Purim geschehen Wunder.

Bella kramte aus den Tiefen ihres Schrankes ein warmes Kleid hervor. Es war aus dunkelblauer Wolle, mit einem gestrickten Marienkäfer auf der Brust. Sie zog warme Strumpfhosen und die neuen Lederstiefel an, die ihre Mutter ihr gekauft hatte, legte die Winterjacke über den Arm und setzte die von der Großmutter gestrickte, bunte Pudelmütze mit der großen Bommel auf.

Ich bin bereit, sagte sie. Ihr Herz klopfte auf einmal so stark, dass sie Angst hatte, es könnte herausspringen.

Fürchtest du dich?, fragte Klara.

Ja, aber das macht nichts, antwortete Bella und errötete.

Obwohl sie vor Klara keine Geheimnisse haben wollte,

fiel es ihr schwer zuzugeben, wie groß ihre Angst war. Noch nie zuvor hatte sie so eine wichtige Entscheidung treffen müssen.

Woher wissen die Erwachsenen, was richtig oder falsch ist?, fragte sie.

Klara zuckte die Achseln.

Vielleicht wissen sie es auch erst hinterher, sagte sie. Willst du es dir lieber noch mal überlegen? Du musst nicht mitkommen.

Ich weiß, sagte Bella und sah sie dankend an.

Dann sah sie sich in ihrem Zimmer um. Im Spielregal saßen ihre Kuscheltiere und warteten auf den neuen Tag: zwei Hasen, ein Bär, zwei Hunde, eine Giraffe und ein Löwe. Sie waren allesamt mit bunten Buchstaben bestickt: LEMBERG stand dort, mal auf dem Bauch, mal am Rücken, mal an den langen Ohren oder auf einer gehäkelten Schürze. Jedes Mal, wenn Bella und ihre Mutter die Großmutter in Lemberg besuchten, brachten sie ein Stofftier mit. Im letzten Jahr war es das samtweiche Chamäleon mit den zarten, geschmeidigen Flügeln, das jetzt auf Bellas Schreibtisch hockte.

Sie nahm es in die Hand, drückte seine Plüschschnauze fest an sich und stellte es zurück.

Lass uns keine Zeit verlieren, sagte sie dann zu Klara. Ihre Stimme zitterte.

Ich hab eine Idee, erwiderte Klara und zeigte auf die zerbrochene Krone. Vielleicht hilft sie dir? Schau auf die Steine!

Im selben Moment, in dem Bella auf die Krone sah, leuchteten alle drei Steine auf. Dasselbe herrliche Farbenspiel wie vorhin: Der dunkelrote Rubin spiegelte sich im funkelnden Topas, und der Smaragd erhellte mit seinem schimmernden Grün den Rubin. Bella spürte, wie die Freude in ihrem Herzen plötzlich aufwallte und die Angst aus allen Winkeln verjagte. Sie hatte das Gefühl, über der Erde zu schweben, so leicht fühlte sich auf einmal ihr Körper an.

Klara nickte zufrieden und legte die Hände um die leuchtende Kronenhälfte, wie um eine Schale. Bella machte es ihr nach. Dann schlossen die Mädchen die Augen, drehten die Krone einmal um und verschwanden aus dem Zimmer.

In Drohobycz, März 1938

Als Bella und Klara die Augen wieder öffneten, standen sie in einer engen, dunklen Gasse. Es war Nacht und stockfinster.

Kalt, sagte Bella, und zog schnell ihre Winterjacke über.

Hab ich doch gesagt, sagte Klara und nahm sie bei der Hand. Komm schnell!

Die Häuser, an denen sie vorbeigingen, waren alt und dicht an dicht gebaut. Bella hatte das Gefühl, nicht einmal ein Blatt würde dazwischen passen. Einige der Häuser waren schief und krumm, manche mit mehreren Etagen und schmalen, verschnörkelten Balkonen. Und wieder andere bestanden nur aus einem Stockwerk und waren so niedrig, dass die Fenster direkt auf den Bürgersteig gingen.

Bella blieb neben einem der Fenster stehen.

Hat man hier keine Angst, beklaut zu werden?, fragte sie.

Klara schüttelte den Kopf.

Hier leben die Armen, sagte sie. Sie haben ohnehin nicht viel, was man ihnen klauen könnte. Die meisten sind Hausierer und Bettler. Man muss schon ziemlich gemein sein, um bei ihnen etwas zu stehlen. So etwas wird bei uns im SCHTETL nicht gern gesehen.

Als sie weitergingen, schien der Weg noch enger zu werden. Die schiefen Häuser neigten sich mehr und mehr einander zu. Kalter und feuchter Wind zog durch die Gassen. Die verwahrlosten Fensterläden klapperten mit jedem neuen Windzug.

Unheimlich, dachte Bella und beschleunigte den Schritt.

Doch mit einem Mal mündete eine der Gassen in eine sehr breite, mit Kopfstein gepflasterte Straße. Bella war überrascht, dass es in Drohobycz solche breiten Bürgersteige und Gehwege gab. Aber noch mehr war sie über die Kutschen erstaunt, die an beiden Straßenseiten standen. Sie hatte zwar schon mal eine Stadtrundfahrt in einer Pferdekutsche gemacht, aber noch nie so viele Kutschen in einer Straße stehen sehen.

Wo sind denn die Pferde dazu?, fragte sie.

Im Stall, antwortete Klara. Morgens werden sie wieder hierhergebracht und angespannt.

Bella versuchte, sich eine der Städte, die sie kannte, ohne Autos vorzustellen, nur mit Pferdekutschen. Ihr fiel Weimar ein, wo ihre Tante Miriam lebte, bei der sie oft zu Besuch war. Wahrscheinlich ist Drohobycz so groß wie Weimar, dachte sie und malte sich aus, was wäre, wenn Tante Miriam jeden Morgen nicht mit dem Auto, sondern in einer Kutsche zur Arbeit fahren würde? Der Gedanke kam ihr sonderbar vor.

Plötzlich blieb Klara vor einem weiß gestrichenen Holzhäuschen mit einer Terrasse stehen.

Wir sind zu Hause, sagte sie.

Das Haus war zwar klein, aber sehr gepflegt, mit drei schmalen Fenstern zur Straße. Im mittleren flackerte das Licht einer Kerze.

Meine Mutter schläft noch nicht, fügte Klara hinzu. Wir müssen leise sein.

Auf Zehenspitzen betraten die Mädchen den Flur. In dem kleinen Zimmer, in dem die Kerze brannte, saß Klaras Mutter, über Handarbeiten gebeugt. Bella konnte sie von der Seite sehen: Sie hatte tatsächlich eine verblüffende Ähnlichkeit mit ihrer eigenen Mutter. Selbst ihre Wimpern waren genauso lang und nach oben gebogen. Sie trug ein blaues Seidentuch, um den Kopf gebunden, und einen langen Rock, im gleichen Blau. Vor ihr auf dem Tisch lagen PURIMKOSTÜME, die sie offenbar für das bevorstehende Fest ausbesserte.

Siehst du das gelbe Kleid mit dem roten Glitzer?, flüsterte Klara. Das ist Esthers Kleid, ich habe es vor einem Jahr beim PURIMFEST getragen.

Bella nickte.

Zusammen mit der Krone, fügte Klara hinzu und öffnete die Tür zum nächsten Raum.

Es war ein geräumiges Zimmer mit vier Betten, zwei Schränken, zwei Tischen und einem Heizofen. Die Kerze auf einem der Tische war fast heruntergebrannt. Aber das Licht reichte gerade noch aus, damit Bella sich umsehen konnte. In drei der Betten schliefen Klaras Brüder: Die älteren in den eigenen Betten, und die Kleinen schlummerten in einem Bett, zusammengerollt wie zwei Eichhörnchen. Sie waren Zwillinge. Das vierte Bett war leer. Nur eine kleine Stoffpuppe lag auf dem Kissen und blinzelte sie aus hellen Augen an. Es war kalt. Bella fröstelte.

Leg dich schon mal hin, sagte Klara und zog die Decke von ihrem Bett.

Können wir vielleicht die Heizung aufdrehen?, fragte Bella leise.

Klara fasste den Heizofen an.

Er ist lauwarm, ich muss Holz nachlegen, sagte sie und griff nach einem leeren Eimer.

Bella legte sich in Klaras Bett und kuschelte sich in die klamme Bettdecke.

Ich bin gleich zurück, flüsterte Klara ihr zu.

Und was, wenn deine Brüder aufwachen und mich hier entdecken?, fragte Bella besorgt.

Keiner hier kann dich sehen, hast du das schon vergessen?, beruhigte Klara sie. Genauso wie man mich in deiner Zeit nicht sehen konnte.

Bella zog mit einem Nicken die Decke bis zum Kinn, drückte Klaras Puppe an sich und schloss die Augen.

Als sie wieder aufwachte, lag Klara schlafend neben ihr. Im Ofen knackte das Holz. Es war warm im Zimmer. Schwaches Morgenlicht schien durch das Fenster, und die anderen Betten standen bereits leer. Sie wollte Klara gerade wecken, als die Tür aufging und Klaras Mutter ins Zimmer kam. Sie trug immer noch den gleichen blauen Rock und das passende Seidentuch um den Kopf. Doch statt der alten Strickjacke hatte sie eine hellblaue Bluse an, mit einer schönen Schleife und winzigen Kristallknöpfen, die wie Schneeflocken glitzerten. Sie sah frisch und erholt aus, als hätte sie nicht bis spät in die Nacht über den Kinderkostümen gesessen.

Wie schön meine Urgroßmutter ist, dachte Bella, und dieser Gedanke erfüllte sie mit Stolz. Doch im nächsten Moment verkroch sie sich schnell unter der Bettdecke. Sie konnte sich nicht daran gewöhnen, dass keiner außer Klara sie sehen konnte.

Klaras Mutter setzte sich auf die Bettkante und streichelte Klara über die Wange.

Es ist Zeit aufzustehen, sagte sie leise.

Klara öffnete die Augen.

Wo bin ich?

Zu Hause, sagte ihre Mutter und lachte. Wo sonst?

Klara richtete sich auf.

Habe ich das alles nur geträumt?

Was denn?, fragte die Mutter.

Bella schubste Klara sanft unter der Bettdecke.

Bella!, rief Klara und bekam einen Schrecken.

Aber die Mutter streichelte ihrer Tochter lediglich übers Haar, als wollte sie sie beruhigen.

Komm, wach auf!, sagte sie sanft.

Bella ist ..., sagte Klara, ... ein Mädchen aus meinem Traum.

Dann sag ihr jetzt Auf Wiedersehen und komm in den Tag, einverstanden?

Klara senkte den Kopf.

Warum bist du so nachdenklich?, fragte die Mutter. Was hast du?

Bist du mir böse, Mame? Klara drückte sich fest an sie.

Warum sollte ich?

Wegen der Krone.

Die Mutter nahm sie in den Arm:

So etwas darfst du nicht einmal denken!

Ich werde uns die Krone zurückholen, sagte Klara entschlossen.

Nein, sagte die Mutter mit ernster Stimme. Ich möchte nicht, dass du zu diesen Amalek-Brüdern gehst. Das musst du mir versprechen. Die Sache mit der Krone überlassen wir unserem Vater. Außerdem vergiss nicht: Heute ist Purim. Und an Purim geschehen Wunder.

Klara schwieg. Bella verstand sie nur zu gut. Sie konnte ihrer Mutter kein Versprechen geben, das sie nicht einhalten würde. Aber sie konnte ihr auch nicht die Wahrheit sagen. Bella tauchte ein kleines Stück zwischen dem Bettzeug auf und streckte eine Hand nach Klara aus.

Klaras Mutter zeigte keinerlei Reaktion. Bella war wirklich unsichtbar!

Doch solange wir auf das Purim-Wunder warten, setzte die Mutter fort, wirst du eine andere Krone zum Fest tragen. Was hältst du davon?

Klara sah sie mit großen Augen an und brachte kein Wort heraus.

Ich bin gleich zurück, sagte sie und zwinkerte Klara von der Tür aus zu.

Klara zog Bella mit einem Ruck die Decke weg.

Du musst dich nicht verstecken, sagte sie. Niemand kann dich sehen!

Doch noch bevor Bella etwas sagen konnte, ging die Zimmertür wieder auf und Klaras Mutter kam mit einem Päckchen in der Hand zurück.

Mach es auf, sagte sie zu Klara, ohne Bella auch nur mit einem Blick zu streifen.

Bella hielt die Luft an, während Klara die Schleife löste und einen lila glitzernden Pappkarton auswickelte. Im Inneren des Kastens saßen zwei zierliche Püppchen in zimtbraunen Kleidern. In den Händen trugen sie bunte Weidenzweige.

Was ist das?, fragte Klara begeistert.

Auch Bella war von dem Zauberkästchen fasziniert. Sie hatte plötzlich keine Angst mehr, gesehen zu werden, und streichelte den beiden Püppchen über die Haare, spielte mit den Weidenzweigen in ihren Händen.

Schau nach, was da noch ist, sagte Klaras Mutter zu ihrer Tochter.

Klara tippte auf eine kleine Tür hinter den beiden Püppchen. Sie öffnete sich, und eine aus Pappe und Goldpapier gebastelte Krone wurde sichtbar. Wie schön sie war! Mit angeklebten Tannenzapfen, bunten Knöpfen und winzigen Mosaiksteinchen besetzt.

Klara sprang aus dem Bett und setzte die Krone auf.

Danke, Mame!, rief sie und drehte sich schwungvoll in einer Pirouette.

Meine kleine Ballerina, lächelte die Mutter. Aber jetzt beeil dich und komm frühstücken. Wir haben noch viel zu tun, bevor die PURIMFEIER beginnt.

Nachdem die Mutter das Zimmer verlassen hatte, sprang

auch Bella aus dem Bett. Klara nahm die schöne Goldpapierkrone ab und setzte sie ihr auf.

Steht sie mir?, fragte Bella.

Und ob, sagte Klara mit fröhlicher Stimme.

Doch Bella sah sofort, wie sich ein Schatten über Klaras Gesicht legte und wie sie nachdenklich wurde.

Denkst du an Esthers Krone?

Ja, erwiderte Klara. Wir müssen uns überlegen, wie wir in das Haus der Amaleks kommen. Es wird nicht leicht sein.

Meinst du, dass sie die Krone im Haus verstecken?

Klara nickte.

Sie haben zwei Speisekammern dort, sagte sie. Die eine befindet sich gleich beim Eingang, im Flur, die andere hinter der Küche. Und die Kronenhälfte soll in der Speisekammer im Flur versteckt sein. Das hat mir die Krone heute Nacht gesagt.

Und hat sie dir auch verraten, wie man sie da rausholt?

Hat sie nicht. Aber wir sollten auf jeden Fall ausnutzen, dass du unsichtbar bist.

Heißt das, dass ich ohne dich zu den Amaleks gehen muss?, fragte Bella und spürte, wie ihr das Blut ins Gesicht stieg.

Immer, wenn sie Angst hatte, spielte ihr Körper verrückt. Ihr wurde ganz heiß, und in ihrem Hals bildete sich ein Knoten.

Nein, antwortete Klara. Wir müssen zusammen zu den Amaleks gehen. Und wir müssen sie dazu bringen, uns die Haustür zu öffnen.

Und dann?

Ich weiß auch nicht, wir müssen uns etwas einfallen lassen.

Bella schwieg. Sie hatte nicht die leiseste Idee, wie sie die Gebrüder Stepanko und Andrijko dazu bringen sollten, ihnen die Tür zu öffnen.

Klaras Mutter rief aus der Küche.
Komm, sagte Klara und richtete sich auf. Uns fällt bis dahin schon etwas ein.

Bei Tageslicht konnte Bella das kleine Häuschen erst richtig sehen. Im Flur stand ein tiefes, gemütliches Kanapee. Oben drauf lagen die PURIMKOSTÜME. Und daneben standen zwei Eimer: einer mit Kohle und Holz und einer mit Wasser. Bella hatte inzwischen verstanden, dass es in Drohobycz keine Zentralheizung gab, wunderte sie aber doch, dass man auch kein Wasser aus dem Hahn hatte.
Wir holen das Wasser vom Brunnen im Hof, erklärte Klara.
Vom kalten Brunnen? Bella zuckte fröstelnd zusammen. Friert es dort im Winter nicht ein?
Nein, erwiderte Klara und legte beschwörend den Finger auf den Mund.
Bella schmunzelte, sagte aber nichts. Jetzt war es Klara selbst, die vergessen hatte, dass man Bella weder sehen noch hören konnte.
Sie gingen quer durch das Zimmer, in dem Klaras Mutter in der Nacht gesessen hatte. Dort gab es nur wenig Platz. Die Wände waren mit Schränken und Kommoden zugestellt, und mitten im Zimmer stand eine Nähmaschine. Neben der Tür gab es noch eine kleine Kammer, in der Klaras Eltern schliefen. Und wenn man den Flur noch ein paar Schritte weiterging, kam man in die Küche.
Gefällt dir unser Haus?, fragte Klara.
Bella fand es eng und verstellt, doch das wollte sie Klara nicht sagen.
Wie viele Leute leben hier?, fragte sie stattdessen.
Na, wir alle, sagte Klara. Meine Eltern, meine vier Brüder und ich. Es ist für alle genug Platz.

Bella nickte. Sie fand es bewundernswert, dass Klara sich über ein winziges Häuschen mit drei engen Zimmern und niedrigen Decken so sehr freute, als wäre es ein Schloss. Bellas Wohnung hatte auch nur drei Zimmer, aber die Räume waren groß und die Decken hoch. Außerdem waren sie nur zu dritt, und Bella hatte ein Zimmer ganz für sich.

Aus der Küche war plötzlich eine tiefe, schöne Männerstimme zu hören.

Das ist mein Vater, flüsterte Klara. Er studiert das BUCH ESTHER für die PURIMFEIER ein. Heute in der Synagoge wird er daraus vorlesen.

Auf Hebräisch?, fragte Bella.

Selbstverständlich, sagte Klara. Kannst du Hebräisch?

Eigentlich nicht. Aber jetzt verstehe ich es.

Zum ersten Mal seit ihrer Begegnung mit Klara wurde Bella bewusst, dass sie auch Klaras Sprache problemlos verstehen konnte, ohne sie zu kennen.

Welche Sprache sprichst du eigentlich?, fragte sie.

JIDDISCH, antwortete Klara. Manchmal auch Polnisch. Und du?

Deutsch, sagte Bella.

Aber es ist, als würden wir die gleiche Sprache sprechen. Ein echtes Wunder, oder?

Ob das auch so bleibt, wenn die Zeitreise vorbei ist?, fragte Bella und stellte sich vor, wie schön das wäre, jede Sprache der Welt einfach so verstehen zu können, ohne sie mühsam lernen zu müssen.

Das glaube ich nicht, erwiderte Klara und betrat mit Bella an der Hand die Küche.

Der Raum war lang und eng wie ein Schlauch. In der Mitte stand ein langer und schmaler Holztisch mit zwei Bänken an den Seiten und noch einer Nähmaschine in der Ecke. Aus Großmutters Erzählungen wusste Bella, dass deren Mutter Schneiderin war. Sie hätte nie gedacht, dass sie es einmal mit eigenen Augen sehen würde. Aber heute ruhte die Arbeit, denn die Mutter war mit den Vorbereitungen für die Purimfeier beschäftigt. Sie stand neben dem Ofen und knetete den Teig.

Klara setzte sich an den Holztisch in der Mitte. Vor ihr standen eine Schale mit heißem Haferflockenbrei und ein Glas Milch. Sie machte Bella ein Zeichen, sich neben sie zu setzen, und reichte jedes Mal, wenn sie sich sicher war, dass weder die Mutter noch der Vater sie ansahen, den Löffel an Bella weiter. Dann bat sie ihre Mutter, noch etwas Milch einzuschenken.

Du trinkst heute für zwei, Kind!, sagte die Mutter und strich Klara übers Haar.

Bella beobachtete Klaras Vater, der ihr gegenübersaß. Er schien viel älter zu sein als seine Frau. Aber vielleicht lag das nur an seinem langen grauweißen Bart und dem schwarzen Kaftan, den er trug. Er las in einem großen Buch mit glänzendem Lederumschlag und wiederholte eine Stelle aus dem BUCH ESTHER. Bella hörte ihm gespannt zu. Sie merkte kaum, wie Klara sie unter dem Tisch mit dem Bein schubste und ihr ein Zeichen gab, schnell das zweite Glas Milch zu trinken.

Bella hatte kaum ausgetrunken, als Klara aufstand und das schmutzige Geschirr in eine Schüssel legte.

Danke, Mame, sagte sie. Ich bin fertig.

Gut, sagte die Mutter, die inzwischen den Teig ausgerollt und zu kleinen Dreiecken geformt hatte.

Es war der Teig für die HAMANTASCHEN, ein leckeres Purimgebäck, das Bella sehr mochte. Sie wusste, dass man die Hamantaschen hebräisch auch Öhrchen nannte, aber sie hatte noch nie zuvor gesehen, wie man sie zubereitet. Gern hätte sie zugeschaut, wie Klaras Mutter nun diese *Öhrchen,* so wie es üblich war, mit Mohn und Marzipan füllen würde, aber die Mutter ließ die Arbeit für eine kurze Zeit stehen. Sie wusch sich die Hände, holte zwei als Geschenk eingepackte Päckchen aus dem Küchenschrank und reichte sie Klara.

Jetzt gehst du bitte zu den Familien Federman und Krebs und bringst ihnen die MISCHLOACH MANOT von uns, in Ordnung?

Mache ich, sagte Klara.

Durch die durchsichtige Folie konnte Bella sehen, dass in jedem von ihnen ein Früchtebrot, zwei Äpfel und ein Fläschchen mit Milch lagen.

Und das hier, sagte Klaras Mutter und griff nach zwei weiteren, aber viel größeren Paketen, bringst du bitte ins Armenviertel zu den Familien Perelman und Schulemovisch.

In den großen Esspaketen waren mehrere Früchtebrote, zwei Flaschen Milch und gekochte Kartoffeln.

Klara verstaute alles in einem Korb. Die Mutter holte noch etwas Kleingeld aus einer Blechbüchse.

Hier, sagte sie, drei Groschen. Wenn du im Armenviertel bist, kannst du sie dort verteilen.

Klara legte die Münzen in einen Stoffbeutel, nahm den Korb und verließ die Küche.

Draußen trugen die Mädchen den Korb gemeinsam.

Sind das alles Purimgeschenke?, fragte Bella, der der Korb zu schwer vorkam.

Ja, sagte Klara. Die größeren Pakete bringen wir zu den Armen, die kleineren sind Mischloach Manot, Geschenke für die Freunde.

Der Korb wackelte hin und her, und sobald sie auf die breite Straße kamen, die jetzt voll mit Passanten war, streckte Klara schützend die Hand nach vorn.

Wo gehen wir hin?, fragte Bella.

Zum Marktplatz. Wir müssen zuerst die Geschenke abgeben. Erst dann können wir zu den Amaleks gehen und uns umschauen.

Bella schwieg eine Weile. Dann fragte sie:

Wie kommt man eigentlich an ihr Haus ran? Ist es umzäunt? Mit einem Zaun aus Holz oder aus Metall?

Sie wunderte sich selbst, dass ihr solche Fragen überhaupt einfielen.

Gute Fragen, erwiderte Klara. Zum Glück ist es ein Holzzaun. Und an einer Stelle ist er sogar geöffnet, für den Kater. Das Loch ist zwar nicht groß, aber ich denke, wir können uns dort hindurchquetschen.

Bella nickte. Und obwohl sie immer noch keinen Plan hatten, wie sie ins Haus der Amaleks eindringen würden, überkam sie plötzlich das beruhigende Gefühl, einen Schritt weitergekommen zu sein.

Die breite Straße, die gestern Nacht so schön ruhig schien, war um diese Zeit voller Menschen und Lärm. Bella kam alles fremd und im selben Moment vertraut vor. So vieles kannte sie bereits aus Großmutters Erzählungen. Jetzt wurde es lebendig. Sie konnte das heftige Pfeifen der Wasserträger hören, das ungeduldige Rufen der Kutscher und das laute Geschrei der Kleinhändler, die ihre Ware anboten. Dazu gesellte sich ein Chor von schrillen Stimmen der Zeitungsjungen, die mit den neuesten Ausgaben an Bella und Klara vorbeisausten.

Was für ein Durcheinander, rief Bella Klara zu.

Aber Klara schien sie gar nicht gehört zu haben. Sie winkte jemandem so heftig zu, dass Bella Angst bekam, sie würden den Korb gleich fallen lassen. Auf der anderen Straßenseite winkten vier Jungs zurück. Sie trugen schlichte, schwarze Anzüge und hielten Bücher in den Händen. Als sie Klara bemerkten, legte sich ein breites, glückliches Grinsen über ihre ansonsten ernsten Gesichter.

Das sind meine Brüder, sagte Klara stolz. Sie gehen in den CHEDER.

Bella zuckte die Achseln, weil sie nicht die geringste Ahnung hatte, was ein Cheder war.

Eine jüdische Schule, in der man die TORAH lernt, fügte Klara hinzu. Es gibt mehrere Cheder im SCHTETL, aber meine Brüder besuchen den besten.

Sie gingen weiter. Als sie an einer Konditorei vorbei liefen, begann auf einmal die ganze Straße zu duften. Bella konnte dem süßlichen, warmen Duft nicht widerstehen und hielt vor dem Schaufenster an. Das, was sich in der Vitrine schlicht *Süßwaren* nannte, ähnelte einem mehrstöckigen Tortenhaus aus Teig und Zucker. Lecker, dachte Bella, und ihr Blick schweifte von einer Etage zur nächsten. Sie entdeckte ein Orangentörtchen in einer Limonenschale, das mit einer Geige aus weißer Schokolade dekoriert war.

Weißt du, dass ich auch Geige spiele?, sagte Bella sehnsuchtsvoll und zeigte auf das Törtchen.

Sie wünschte sich in diesem Augenblick nichts mehr als dieses Törtchen mit der Geige.

Meinst du, sie nehmen hier auch Euros?, fragte sie und kramte ein paar Münzen aus ihrer Jackentasche hervor. Sie hatte einen Euro und siebenundvierzig Cent dabei.

Nein, sagte Klara. Sie nehmen nur Zloty und Groschen.

Wie schade!, sagte Bella enttäuscht.

Klara wurde rot. Sie nahm den Stoffbeutel, den sie bei sich trug.

Weißt du, sagte sie leise, hier habe ich Groschen. Aber … ich darf sie für ein Törtchen nicht ausgeben. Sie sind für die Armen.

Ich verstehe, sagte Bella.

Klara steckte den Beutel wieder ein.

Es tut mir leid, sagte sie und sah Bella verlegen an.

Doch plötzlich leuchteten ihre Augen auf, als wäre ihr etwas eingefallen.

Warte auf mich!, sagte sie schnell und drehte sich um.

Was hast du vor?, rief ihr Bella nach.

Doch Klara hatte bereits die Konditorei betreten.

Bella schaute durch das Schaufenster in den schönen alten Raum und konnte durch die nicht ganz geschlossene Tür hören, wie Klara mit dem Konditorjungen sprach. Er schien nicht viel älter als Klaras große Brüder.

Hallo, Schlomo, sagte Klara. Wie geht's deinem Vater? Du warst lange nicht bei uns zum Lernen.

Danke, antwortete Schlomo. Die Ärzte sagen, er macht gute Fortschritte. Nur der Husten macht ihm immer noch zu schaffen.

Wir hoffen alle, dass es ihm bald wieder besser geht, sagte Klara und lächelte Schlomo aufmunternd zu. Meine Oma hatte auch eine Lungenentzündung, aber zum Glück ist alles gut ausgegangen. Man muss an das Gute glauben, dann wird es auch gut.

Schlomo nickte.

Sobald es meinem Vater besser geht, sagte er, komme ich wieder in den Cheder. Und bis dahin muss ich hier im Geschäft helfen.

Bella hörte, wie Klara sich räusperte.

Weißt du, sagte sie sichtlich verlegen, ich hätte da eine Idee, wie du schon bald wieder lernen könntest.

Wie denn?

Ich möchte dir ejn gittes Gischäft vorschlagen, wie man bei uns im Schtetl so schön sagt.

Du? Ein Geschäft?, fragte Schlomo verwundert. Du lernst doch die meiste Zeit in der Mädchenschule, wie kannst du ein Geschäft …

Aber Klara unterbrach ihn.

Ich hätte gern das Orangentörtchen mit der Geige aus

זיס קראם
Cukiernia

der Vitrine, sagte sie schnell und errötete schon wieder, aber ich kann es jetzt nicht bezahlen. Deshalb schlage ich dir vor, an einem Nachmittag für dich in der Konditorei zu arbeiten. Und du kannst in der Zeit zu meinen Brüdern gehen und lernen.

Schlomo schien sprachlos.

Klara, sagte er dann. Ich könnte dir doch das Törtchen aufschreiben. Dein Vater ist ein geachteter Mann im SCHTETL, jeder weiß, dass er seine Schulden bezahlt.

Klara schüttelte den Kopf.

Das sind aber meine Schulden, sagte sie, nicht die meines Vaters. Deshalb möchte ich für das Törtchen arbeiten.

Aber du bist doch keine Verkäuferin!

Das macht nichts, antwortete Klara geschäftig. Du bringst es mir bei. Einverstanden?

Ich könnte dir das Törtchen auch so geben, erwiderte Schlomo betreten.

Klara schüttelte den Kopf.

Nun gut, sagte er und nahm das Orangentörtchen aus der Vitrine. Dann machen wir also ejn Gischäft.

Klara strahlte, aber Bella schämte sich inzwischen dafür, dass sie ihren Wunsch nicht hatte zurückhalten können. Wie oft war sie wegen Süßigkeiten schon in Schwierigkeiten geraten!

Hier, lass es dir schmecken!, sagte Klara und hielt ihr im nächsten Moment das Törtchen hin.

Diesmal wurde Bella rot.

Klara, sagte sie verlegen … Ich möchte … Ich will dir etwas sagen …

Ich weiß, erwiderte Klara. Du brauchst dich nicht zu bedanken.

Bella sah, wie Klaras Augen leuchteten. Sie spürte, wie stolz sie darauf war, ihr den Wunsch erfüllt zu haben. Und obwohl sie sich gerade noch vorgenommen hatte, nicht mehr so gierig auf Süßigkeiten zu sein, war sie Klara in diesem Moment unendlich dankbar.

Was für ein wunderschönes Törtchen, sagte sie und nahm es behutsam in die Hand.

Dann nahm sie die Geige aus weißer Schokolade ab und teilte das Törtchen in zwei gleiche Stücke.

Ich möchte es nicht, sagte Klara.

Dann werde ich es auch nicht essen, sagte Bella entschlossen.

Wenn das so ist, gab Klara schnell nach und biss hinein.

A MECHAJE!, sie verdrehte die Augen. Das ist das Leckerste, was ich je in meinem Leben gegessen habe!

Aber du wirst später noch dafür arbeiten müssen, sagte Bella.

Das lass nur meine Sorge sein, erwiderte Klara. Jetzt bist du mein Gast.

Bella biss ebenfalls von dem Törtchen ab. Noch vor wenigen Minuten wäre sie vor Freude in die Höhe gesprungen, so sehr schmeckte es ihr. Doch in diesem Moment aß sie es nur, um Klara nicht zu enttäuschen. Und als sie den Weg weiter fortsetzten, nahm sie sich fest vor: Jetzt aber wirklich, nie wieder Süßigkeiten!

Die große, geschäftige Straße, die sie entlangliefen, endete schnell. Sie bogen links ab, und direkt vor ihnen öffnete sich ein großer Platz. Bella war überrascht, wie schön die Häuser waren, die den Platz umgaben.

Wo sind wir?, fragte sie.

Am Marktplatz, sagte Klara. Das ist das Herz des Schtetls.

Obwohl hier die Bewohner Drohobyczs ihren Geschäften genauso tüchtig nachgingen, wie überall sonst, war von dem üblichen Trubel der Stadt wenig zu merken.

An einem der Häuser klopfte Klara an. Eine hochschwangere Frau öffnete die Tür.

Purim Sameach!, sagte sie zu Klara und lächelte.

Fröhliches Purim, Frau Federman!, antwortete Klara und holte eines der Mischloach Manot aus dem Korb.

Die Frau bedankte sich und überreichte Klara zwei von ihren Geschenken.

Bring es bitte deiner Mutter und deiner Oma, sagte sie, und wünsch ihnen ein fröhliches Purimfest von mir.

Klara legte die beiden Geschenke in den Korb und verabschiedete sich.

Witzig, sagte Bella, als sie zur nächsten Familie gingen. Du gibst ein Geschenk ab und kriegst zwei andere dafür.

Noch ein Wunder von Purim, lächelte Klara. Wenn du etwas von dir gibst, kriegst du die doppelte Belohnung.

An der nächsten Haustür wartete schon Frau Krebs mit ihrem Geschenk auf Klara. Sie war genauso wie Frau Federman eine Freundin ihrer Mutter.

Sehen wir uns heute auf der Purimfeier, Klärchen?, fragte sie.

Klara nickte. Und als sie sich verabschiedeten, war der Korb viel schwerer geworden.

Jetzt bringen wir schnell die Esspakete zu den Armen, sagte Klara, dann wird unser Korb gleich leichter.

Im Kampf um die Krone

Im Armenviertel besuchten sie die Familien Perelman und Schulemovisch. Sie lebten in winzigen, engen Wohnungen mit so wenig Platz, dass die kleinsten ihrer Kinder, in dicke Decken gehüllt, auf den Fensterbänken schlafen mussten. Als Bella und Klara die Esspakete aufmachten, sprangen die größeren Jungs um sie herum und klatschten in die Hände.

Auf dem Rückweg war der Korb tatsächlich leichter geworden. Doch Bella bemerkte es gar nicht. Sie dachte die ganze Zeit über das bedrückende Bild nach, das sie nicht loswerden konnte: wie sehr sich die Kinder über ganz normale Früchtebrote und Kartoffeln freuten.

In der Nähe des Marktplatzes holte Klaras Stimme sie aus ihren Gedanken.

Das Haus der Amaleks ist gleich um die Ecke, sagte Klara. Und wir haben immer noch keinen Plan, wie wir da reinkommen.

Wir finden schon eine Möglichkeit, wenn wir dort sind, erwiderte Bella mit beruhigender Stimme.

Klara sah sie erstaunt an.

Machst du mir Mut?

Mmm …

Klara wollte noch etwas sagen, aber im selben Augenblick rief jemand ihren Namen. Ein rothaariges Mädchen mit Sommersprossen kam ihnen nachgelaufen. Sie war ganz außer Puste. Ihr abgetragenes, geflicktes Mäntelchen war offen. Und die Sommerschuhe, die sie über den warmen Stricksocken trug, versanken im Schneematsch.

Was ist, Oksanka?, fragte Klara besorgt.

Meine Mutter lässt dir einen schönen Dank ausrichten, sagte sie und schnappte nach Luft. Sie sagt, dass deine Mutter ihr jederzeit was zum Flicken schicken kann, umsonst!

Danke, sagte Klara und lächelte Oksanka an. Sag ihr bitte, dass wir ihr sehr dankbar sind.

Das Mädchen nickte.

Jetzt lauf schnell heim, sagte Klara. Sonst erkältest du dich noch.

Wer war das?, fragte Bella und sah dem Mädchen nach.

Das war Oksanka, antwortete Klara. Sie lebt auch im Armenviertel, in der Nachbarschaft der Familien Perelman und Schulemovisch. Ihre Familie feiert kein PURIMFEST, weil sie keine Juden sind, aber wir bringen ihnen trotzdem jedes Jahr etwas von dem Essen.

Schweigsam setzten Klara und Bella ihren Weg fort. Bella gingen Oksankas Sommersandalen nicht aus dem Kopf. Bei diesen kalten Temperaturen helfen ihr die warmen Socken auch nicht viel, dachte sie traurig.

Dort ist das Haus der Amalek, sagte Klara plötzlich, als sie um eine Ecke bogen. Wir müssen nur einmal durch die Hinterhöfe laufen und dann …

Aber sie brachte den Satz nicht zu Ende, sondern blieb abrupt stehen. Am Haus gegenüber warfen zwei Jungs Knöpfe und Münzen gegen die Mauer.

Was ist?, fragte Bella.

Das sind sie, Stepanko und Andrijko, erwiderte Klara und war ganz blass geworden.

Kaum sah Bella zu ihnen hin, kamen die Gebrüder Amalek schon mit schnellen Schritten auf sie zu gelaufen.

Bella traute ihren Augen nicht.

Nach allem, was sie von Klara über die Gemeinheit der Brüder gehört hatte, hatte sie sich eher zwei miese Zwerge in schäbiger Kleidung vorgestellt, mit bösen, hässlichen

Gesichtern, dicken, verrotzten Nasen und aufgerissenen, rötlichen Froschaugen. Sie war vollkommen überrascht, stattdessen Zwillinge zu sehen, die viel hübscher waren als die hübschesten Jungs in ihrer Klasse! Sie waren hochgewachsen und hatten schöne, ebenmäßige Gesichter. Ihre hellen Locken fielen ihnen leicht in die Stirn, ihre blauen Strickmützen passten farblich zu den Schulanzügen. Vorne waren die Mützen mit jeweils einem Buchstaben bestickt: S und A stand da, für Stepanko und Andrijko. Beide waren gepflegt und artig gekleidet: die Jacken fest zugeknöpft, die Hosen sorgfältig gebügelt, und ihre Schulranzen hatten keinen einzigen Kratzer. Sie sahen auf seltsame Weise feierlich aus, was weder zu Bellas Bild von ihnen passte noch zu dem vorlauten Münzenwerfen.

Aber schon standen die Gebrüder vor Klara und sahen auf sie herab.

Was haben wir denn da?, fragte Stepanko spöttisch und zeigte auf den Korb.

Wir sind ja soooo barmherzig!, sagte Andrijko und verdrehte die Augen.

Bella stiegen das Blut und der Zorn ins Gesicht. Aber Klara stand reglos da und ließ die Dreistigkeit stillschweigend über sich ergehen. Bella bemerkte, wie sie ihr ein Zeichen gab, sich nicht zu bewegen.

Wir kümmern uns ja soooo gern um die anderen!, sagte Stepanko und streckte die Hand nach dem Korb aus.

Da werden wir doch wohl den Nachbarn, die noch kein Mittagessen hatten, etwas von dem Naschzeug abgeben, oder? Stepanko nahm das Päckchen von Frau Federman aus dem Korb.

Er riss das Geschenk auf und holte eine Tüte mit frisch gebackenen HAMANTASCHEN heraus. Dann fing er an, sich die Dreiecke an die Ohren zu halten und hässliche Grimassen zu schneiden. Sein Bruder machte es ihm nach. Sie zerdrückten die Sandkekse in den Fäusten und stöhnten gekünstelt: Oh, die armen Öhrchen, Oh, keiner kann sie mehr essen. Oh, wie schade, die armen Judenöhrchen ...

Je mehr sie von den Hamantaschen zerdrückten und auf den Boden warfen, desto mehr amüsierten sie sich. Sie krümmten sich vor Lachen, bis ihnen die Tränen von den Wangen liefen und der Speichel aus dem Mund floss.

Bella konnte sich kaum zurückhalten. Wie kann das sein, dachte sie, dass niemand Klara zur Hilfe kommt? Die Leute gehen einfach vorbei! Oder denken sie, dass die beiden nur Spaß machen? Warum will keiner sehen, dass sie Klara beleidigen und ausrauben?!

Bella kochte vor Wut. Klara aber blieb beherrscht und ruhig stehen. Dabei flüsterte sie etwas vor sich hin und beugte sich kaum merklich vor und zurück.

Plötzlich hörte Bella die Stimme von Oksanka. Sie war offenbar noch in der Nähe gewesen und hatte gesehen, wie die Amaleks Klara den Weg versperrten.

Iwanko! Iwanko!, rief Oksanka laut.

Hinter ihr tauchte ein hochgewachsener, schlaksiger Teenager, mit langem, dürren Hals auf. Seine Kleidung war zerlumpt, das Gesicht mit Kohle verschmiert, und genauso wie Oksanka trug er Sommerschuhe über den warmen Stricksocken.

Was ist, Schwesterchen?, rief er.

Oksanka flüsterte ihm etwas ins Ohr und zeigte auf die beiden Amaleks.

Mit einem Sprung stellte sich Iwanko schützend vor Klara und ballte die Fäuste. Aber die Gebrüder schreckten deshalb nicht zurück. Im Nu hörten sie auf zu lachen und gingen auf Iwanko los. Es verging nicht einmal eine Minute, bis sich alle drei im dreckigen Matsch wälzten. Ineinander verkrallt, zerrten sie sich gegenseitig an der

Kleidung, zerkratzten einander die Gesichter. Und obwohl Iwanko so dünn war, war er der Stärkere.

Schließlich drückte er Stepanko und Andrijko mit den Gesichtern zu Boden und fragte: Gebt ihr auf?

Den Gebrüdern blieb gar nichts anderes übrig. Sie heulten vor Wut.

Na, warte, zischten sie Iwanko zähneknirschend an und rappelten sich wieder auf. Wenn wir dich das nächste Mal erwischen …

Iwanko lachte lauthals, während die Amaleks sich drohend und fluchend davonschlichen.

Verschwindet, rief er ihnen nach. Sonst überleg ich es mir noch anders!

Wie soll ich dir nur danken, Iwanko?, fragte Klara.

Nicht der Rede wert, brummte er.

Ich bin so stolz auf dich!, sagte Oksanka.

Iwanko winkte ab. Aber Bella konnte an seinem Gesichtsausdruck erkennen, wie viel ihm die Worte seiner Schwester bedeuteten.

Nachdem sie gegangen waren, sammelten Bella und Klara die Tüten mit den Hamantaschen vom Boden auf und legten sie zurück in den Korb.

Bella war über das Geschehene so aufgebracht, dass sie sich nicht länger zurückhalten konnte.

Warum lässt du dir solche Gemeinheiten gefallen?, fragte sie erregt. Warum hast du nicht um Hilfe gerufen?

Doch, sagte Klara. Ich habe um Hilfe gerufen, und sie kam auch.

Du hast kein Wort gesagt!

Ich habe viele Worte gesagt, sagte Klara leise. Du hast sie nur nicht gehört.

Nein, habe ich nicht. Ich habe nur Oksanka nach ihrem großen Bruder rufen hören. Und was wäre, wenn sie das nicht getan hätte?, fragte Bella hartnäckig.

Dann wäre die Hilfe von woanders gekommen, sagte Klara.

Ach, Klara!, widersprach Bella. Warum hast du dich nicht gewehrt?!

Weil es keinen Sinn hatte, sich zu wehren! Es wäre noch schlimmer gekommen, wenn ich etwas gesagt hätte. Womöglich hätten sie mich noch verhauen. Hättest du das besser gefunden?

Bella runzelte die Stirn.

Na siehst du, sagte Klara. Denk lieber daran, dass wir die Krone zurückholen müssen und nicht die Mutigen spielen.

Bella sah ein, dass Klara recht hatte.

Entschuldige, sagte sie schließlich. Ich kann solche Gemeinheiten einfach nicht ertragen.

Klara nickte.

Wer kann das schon?

Und ich bin immer noch so wütend auf die beiden, dass ich keine Angst vor ihnen habe!

Oh! Klara lächelte. Werd bloß nicht übermutig.

Das bin ich nicht, erwiderte Bella ernsthaft. Aber wir müssen jetzt gleich hingehen und dürfen keine Sekunde länger warten.

Warum?, fragte Klara und hob den Korb vom Boden auf.

Bella fasste mit an.

Weil die beiden jetzt bestimmt mit ihrer Mutter beschäftigt sind, die ihnen eine schöne Standpauke hält, weil sie sich geprügelt haben und dreckig nach Hause gekommen sind. Für uns heißt das: Die Luft ist rein.

Klara sah Bella zustimmend an.

Ein kluger Gedanke, sagte sie und blieb stehen.

Sie wies auf einen schmalen, schattigen Durchgang zwischen zwei Häusern direkt vor ihnen.

Lass uns hier entlanggehen. Dann kürzen wir ab.

Hinter dem Durchgang lag ein finsterer Hinterhof. Sie warteten einen Moment, bis sich ihre Augen an die Dunkelheit gewöhnt hatten. Der Hof sah aus wie eine verlassene Baustelle: Überall lagen lose Steine, Ziegelreste und hart gewordene Erdklumpen herum.

Es riecht nach Schimmel, sagte Bella, als sie an einem alten, bemoosten Mauerwerk vorbeigingen.

Hier in der Wand haust eine Krähe, erwiderte Klara. Jeden Tag geht sie auf die Jagd und versteckt kleine Vögel zwischen den Steinen, um sie später zu fressen.

Bella hielt sich die Hand vor die Nase und beschleunigte den Schritt.

Als sie den Hof verließen, blendete sie die Sonne. Es kam ihnen wie ein Wunder vor, denn gerade noch war der Himmel über Drohobycz mit dichten, grauen Wolken verhangen. Nun hatte sich die Wolkendecke einen Spaltbreit geöffnet und ließ einen leuchtenden Sonnenstrahl hindurch.

Klara schaute nach oben. Bella warf den Kopf in den Nacken und streckte die Arme der Sonne entgegen.

Es wird schon gut gehen, sagte sie und sah Klara zuversichtlich an.

Der grün gestrichene Holzzaun vor dem Haus der Amaleks war so hoch, dass man weder den Hof noch das Haus selbst von außen sehen konnte. Klara ging um den Zaun herum und blieb vor einem Loch stehen, das für den Kater gedacht war.

Hier ist die Stelle, von der ich dir erzählt habe, sagte Klara. Meinst du, wir kommen da durch?

Bella ging auf die Knie und steckte den Kopf in das Loch.

Ich denke schon, sagte sie.

Was siehst du?

Im Hof ist niemand. Und die Haustür ist geschlossen.

Siehst du das kleine Gartenhäuschen?

Ja.

Dort werden die Gartengeräte aufbewahrt, sagte Klara und beugte sich zu Bella hinunter. Dahinter könnten wir uns verstecken und von dort aus die Haustür beobachten.

Gut, sagte Bella und zwängte sich durch das Loch. Klara versteckte den Korb im Gebüsch und folgte ihr.

Sie rannten blitzschnell über den Hof und versteckten sich hinter dem Gartenhäuschen. Es war ein ausgezeichneter Beobachtungsposten. Von hier aus konnte man sowohl die Haustür und die davorliegende Treppe, als auch die Fenster im Flur und im Wohnzimmer sehen. Eines der Fenster war leicht geöffnet. Bella hatte recht: Mutter Amalek stand mitten im Wohnzimmer, mit dem Rücken zum Fenster, die Arme in die Hüften gestemmt, und schimpfte mit ihren Söhnen.

Zwei Türen trennen uns von der Krone, sagte Klara. Die Tür, die gleich links vom Flur abgeht, ist die Speisekammer. Dort muss sie irgendwo sein.

Wenn Bella sich auf die Zehenspitzen stellte, konnte sie die Speisekammer sehen.

Ja, sagte sie, und der Schlüssel steckt zum Glück in der Tür.

Klara schien überrascht, dass Bella jetzt so beharrlich versuchte, in allem das Gute zu sehen. Auch Bella staunte über diese unerwartete Veränderung. Sie wusste selbst nicht, warum sie plötzlich keine Angst mehr vor den Gebrüdern hatte. Aber nach dem Vorfall auf dem Marktplatz war sie fest entschlossen, allein ins Haus der Amaleks zu gehen, um Klara keiner Gefahr mehr auszusetzen.

Sobald jemand die Tür öffnet, sagte sie schnell, werde

ich ins Haus gehen und in der Speisekammer nach der Krone suchen. Und du bleibst hier und wartest auf mich, einverstanden?

Klara sah sie mit großen Augen an.

Nein, sagte sie, ich bin auf gar keinen Fall einverstanden!

Aber du willst doch, dass wir die Krone zurückholen, oder?, setzte Bella fort. Wie sollen wir das schaffen, wenn man dich gleich entdeckt? Und mich sieht man nicht! Selbst wenn jemand in die Speisekammer kommt, kann ich in Ruhe weitersuchen.

Klara zögerte eine Weile, bevor sie zustimmte.

Gut, sagte sie schließlich. Aber ich möchte in deiner Nähe sein.

Wo denn?

Hinter der Treppe. Ich werde dort auf dich warten.

Dafür musst du aber über den Hof laufen, wandte Bella ein. Was, wenn man dich vom Fenster aus sieht?

Klara blieb keine Zeit, Bellas Einwand zu erwidern. Die Haustür ging plötzlich auf und Vater Amalek kam heraus. Ein hochgewachsener, kräftig gebauter Mann, deren Gesichtszüge genauso ebenmäßig und schön waren wie die seiner Söhne. Er trug eine braun melierte, flache Schirmmütze, eine dicke warme Wattejacke und eine Arbeitshose. In der Hand hielt er einen leeren Eimer.

Er geht in den Keller, Kohlen holen, sagte Klara leise. So lange bleibt die Haustür bestimmt offen.

Trotzdem kannst du jetzt nicht durch den Hof laufen, selbst wenn er im Keller ist, sagte Bella. Ich muss allein hinein.

Auf gar keinen Fall!

Aber Klara!

Doch in diesem Moment geschah etwas Unerwartetes: Vater Amalek ging nicht in den Keller, sondern kam zum

Gartenhaus. Bella und Klara hielten den Atem an. Mit einem Ruck öffnete er die Tür des Häuschens, ohne sich umzusehen. Durch die Ritzen in der Holzwand beobachteten die Mädchen, wie er sich über die Gartengeräte beugte, um nach einer passenden Schaufel zu suchen.

Jetzt ist die Luft rein, er ist beschäftigt, flüsterte Klara. Laufen wir los!

Bella schüttelte den Kopf.

Wir haben nicht genug Zeit. Schau, er hat schon die Schaufel in der Hand.

Doch plötzlich leuchteten ihre Augen auf:

Ich hab eine Idee, wie man ihn ablenken kann! Auf mein Zeichen läufst du los und versteckst dich hinter der Treppe!

Was hast du vor?!

Aber die unsichtbare Bella war schon ins Gartenhäuschen geflitzt, bevor Vater Amalek es verlassen konnte, und schmiss dort mit einem Mal alle Gartengeräte, die an der Hinterwand standen, zu Boden. Das machte so viel Krach, dass sie sich die Ohren zuhalten musste.

Verflixt noch mal!, schimpfte Vater Amalek und fing an, wieder Ordnung zu schaffen.

Bella gab Klara ein Zeichen.

Zusammen rannten sie schnell über den Hof. Klara versteckte sich hinter der Treppe und Bella schlüpfte durch die offene Haustür.

Im Flur der Amaleks blieb sie erschrocken stehen: Von der Wand starrten sie aus weit aufgerissenen, blutunterlaufenen Augen zwei ausgestopfte Kuckucke an. Und vom Boden wurde sie von einem großen, ausgestopften Rotfuchs mit ausgestreckter Zunge angegrinst.

Leise schlich sie zur Speisekammer und öffnete die Tür. Es war ein enger und dunkler Raum. Sie ließ die Tür einen Spaltbreit offen. Noch nie im Leben hatte sie so eine gut aufgeräumte Speisekammer gesehen: Die Lebensmittel standen und lagen so ordentlich in den Regalen, dass sie das Gefühl hatte, sie wären nur gemalt. Jede Dose, jedes Säckchen, jeder Kasten war nach Größe sortiert und beschriftet. Sie streckte die Hand nach einem Glas mit eingelegten Kirschen aus. Und schon fiel es zu Boden und zerbrach in winzige Scherben: Der rote Saft lief Bella über die Finger, und die kleinen, festen Kirschen rollten ihr vor die Füße. Es verging nicht einmal eine Minute, bis Mutter Amalek die Tür zur Speisekammer aufriss:

Was soll das hier?, rief sie und schaltete das Licht ein.

Bella blieb erstarrt stehen und schloss die Augen. Sie hatte so viel Angst, dass ihr der Atem stockte.

Doch Mutter Amalek sah sie nicht.

Verflixt noch mal!, fluchte sie erbost.

Im selben Moment sah Bella Vater Amalek mit dem Kohleeimer vorbeistapfen.

Was ist hier los?, fragte er.

Na die Jungs, erwiderte seine Frau und schimpfte weiter. Die haben doch nur das Fressen im Kopf! Stepanko hat schon wieder versucht, Kirschen zu klauen.

Kleiner Gauner, brummte er und winkte ab.

Lass die Haustür auf, rief sie ihm nach. Ich muss noch das Glas rausbringen.

Sie sammelte alle Kirschen und Scherben auf. Nachdem sie den Boden gewischt hatte, schaltete sie das Licht aus.

Stepanko!, rief sie drohend und verließ die Speisekammer.

Bella atmete tief durch. Es war ein Wunder, dass Mutter Amalek ihr beim Wischen nicht auf die Füße getreten war. Sie lehnte sich an die Wand, wischte sich den Schweiß von der Stirn und begann nach der Krone zu suchen.

Wo kann sie bloß sein?, fragte sie sich, nachdem sie alle Regale abgesucht hatte. In jedem Glas und jedem Kästchen hatte sie nachgeschaut.

Dann fiel ihr Blick auf einen Mehlsack, der in einer Ecke stand. Eigentlich gab es nichts Besonderes daran, und sie hätte ihm beinahe keine Beachtung geschenkt. Doch auf einmal erhellte sich eine Stelle an der Seite des Sacks. Bella beugte sich vor: Je länger sie hinsah, desto heller wurde die Stelle. Bis sie auf einmal in drei Farben aufleuchtete: Rot, Weiß und Grün. Die Wundersteine!, flüsterte sie und steckte schnell die Hand in den Sack. Mehlstaub stiebte ihr ins Gesicht, als sie die gestohlene Hälfte der Krone hervorzog. Sie nieste und befreite zuerst den Rubin, dann den Topas und schließlich den Smaragd von den Mehlresten. Die Steine begannen noch mehr zu leuchten und strahlten mit einem Mal so viel Licht aus, dass die ganze Speisekammer in allen Farben zu schillern begann. Bella steckte die Krone schnell unter die Jacke, und es wurde wieder dunkel. Sie spähte durch den Türspalt nach draußen. Zum Glück war niemand im Flur.

Aber die Tür ließ sich nicht öffnen.

Etwas liegt davor, dachte sie und versuchte es nochmals.

Ein ungewöhnliches Geräusch ließ sie zurückschrecken: eine Mischung aus Schnarchen und Pfeifen.

Das muss der Kater sein, sagte sie sich und blieb unentschlossen stehen.

Was sollte sie tun? Ihn aufwecken? Lieber nicht, dachte sie. Wenn er wach wird, taucht womöglich Mutter Amalek schon wieder auf und schließt diesmal die Tür zur Speisekammer ab. Dieses Risiko durfte sie nicht eingehen.

Behutsam schob sie die Tür Stück für Stück nach vorn, in der Hoffnung, den schlafenden Kater so wegschieben zu können. Sobald der Spalt groß genug war, streckte sie ein Bein durch die Tür und trat sofort auf etwas Weiches. Sie erschrak und schrie auf. Auch der Kater miaute laut. Er sprang hoch und sah sie mit gesträubtem Fell an.

Bella erstarrte, als ihr klar wurde, dass der alte, einäugige Kater der Amaleks wusste, dass sie vor ihm stand. Sein einziges Auge, das wie ein Feuerball glühte, blinzelte kampfeslustig.

Sie wich entsetzt zurück und versteckte sich wieder in der Speisekammer. Ihr Herz schlug höher, als sie Mutter Amalek nun tatsächlich in den Flur kommen hörte.

Was maulst du, Esau?, fuhr sie den Kater an, der hinter der Tür immer noch laut knurrte. Ist dort eine Maus?

Bella drückte sich an die Wand, als Mutter Amalek die Tür zur Speisekammer wieder öffnete. Der Kater ließ Bella nicht aus den Augen und rundete den Rücken angriffsbereit nach oben. Sein Maul stand weit offen: Er knurrte sie durch zwei Reihen hässlicher, gelber Zähne an wie ein Hund.

Hör auf, Esau!, sagte Mutter Amalek gereizt, nachdem sie die Speisekammer abgesucht hatte. Hier ist keine Maus.

Sie machte die Tür wieder zu, schloss aber nicht ab.

Bella atmete auf. Der Kater konnte ihr nichts anhaben, solange sie in der Speisekammer war. Aber er blieb vor der Tür, um ihr aufzulauern. Sie hörte seinen heiseren Atem, der nach Fäulnis roch.

Was mache ich jetzt?, fragte sie sich und hörte im gleichen Augenblick Klaras leise Stimme.

Miau, miau, miau ...

Durch die Ritze in der Tür sah Bella, wie Klara auf allen Vieren durch den Flur kroch, um Esau abzulenken. Sie musste von ihrem Versteck aus beobachtet haben, was geschehen war und dass der Kater Bella immer noch auflauerte.

Komm, Kätzchen, miau, miau … Ich weiß ja, dass du ein zänkisches, verfressenes Tier bist, flüsterte sie, aber dass du auch Menschen angreifst, ist mir neu.

Was machst du hier, Klara?!, rief Bella und öffnete die Tür einen Spaltbreit.

Hast du die Krone?, fragte Klara leise.

Ja! Aber wenn man dich erwischt, ist alles verloren!

Aber ich kann dich doch jetzt nicht allein …

Im nächsten Augenblick sprang Esau mit einem Satz auf Klara und klammerte sich mit scharfen Krallen an ihren Haaren fest.

Bella stürmte mutig aus der Speisekammer und griff nach ihm. Mit einer Hand hielt sie ihn am Rücken fest und mit der anderen schlug sie ihm auf sein glühendes Auge. Der Kater jaulte auf und ließ Klaras Zöpfe los. Mit einem Hieb schleuderte Bella ihn hoch und ließ ihn durch die Luft wirbeln.

Mutter Amalek kam in den Flur geeilt.

Esau, Esau!, rief sie.

Klara und Bella schlüpften gerade noch rechtzeitig durch die Tür.

Mutter Amalek lief ihnen nach und schimpfte Klara hinterher.

Wenn ich dich erwische, du, dreckige ZIDIVKA!

Sie griff nach dem Zipfel von Klaras Mantel, als diese durch das Loch im Zaun schlüpfte, bekam ihn aber nicht zu fassen.

Stepanko, Andrijko!, rief sie. Schnell!

Klara und Bella hörten, wie die Gebrüder durch das Tor gestürmt kamen und ihnen hinterher jagten.

Dabei pfiffen sie lauthals und brüllten wie die Wilden:

Das wirst du uns büßen, du Drecksau!

Die Mädchen rannten, so schnell sie konnten, durch die Straße. Ihre Schuhe rutschten auf den glatten Kopfsteinen und schleuderten feuchten Schneematsch in die Luft. Noch nie zuvor war Bella so schnell gelaufen. Wenn sie mit ihren Schulfreunden um die Wette lief, dann war das nur ein Spiel. Heute hatte sie das Gefühl, um ihr Leben laufen zu müssen. Und obwohl die Gefahr nicht ihr selbst, sondern Klara drohte, war ihre Angst so groß, dass ihr Herz raste. Sie konnte die Häuser, an denen sie vorbeilief, nicht mehr sehen. Sie verschwammen vor ihren Augen zu einem grauen Schleier.

Klara lief neben ihr. Ihr Haar war offen, das Gesicht glühte in der kalten Luft, und die Tränen liefen ihr über die Wangen. Sie versuchte das Tempo zu beschleunigen, doch mit jedem Schritt kamen die Brüder näher. Ihr Gebrüll wurde lauter und lauter.

Wenn sie mich erwischen, bring die Krone in Sicherheit!, rief sie Bella zu.

Ich lass dich nicht allein, erwiderte Bella und spürte, wie auch ihr die Tränen in die Augen stiegen.

Die Gebrüder waren mittlerweile nur noch wenige Meter entfernt.

Schrei um Hilfe, Klara, schrei endlich!, rief sie.

Aber in der Straße war niemand zu sehen. Sie war menschenleer.

Wo sind die nur alle?!

Plötzlich sah Bella am Ende der langen Häuserreihe einen Mann im schwarzen Kaftan die Straße überqueren. Sein Hut und sein schneller Gang kamen ihr bekannt vor. Einen Augenblick lang dachte sie, es wäre Klaras Vater.

Vater!, schrie Klara lauthals, Vater! Hilf uns!

Bella konnte nicht sehen, ob der Mann im Kaftan sich umgedreht hatte oder nicht, aber im nächsten Moment hörte sie ein lautes Klingeln in ihrer Jacke.

Das Handy!, rief sie. Mein Handy!

Sie hatte ganz vergessen, dass sie heute Nacht ihr Smartphone noch schnell in die Jacke gesteckt hatte, bevor sie mit Klara auf Zeitreise ging. Ob man es in Drohobycz nutzen konnte, wusste sie nicht. Sie hatte es nur aus Gewohnheit eingesteckt. Und jetzt klingelte es auf einmal! Sie erkannte die Melodie aus dem neuen Harry-Potter-Spiel, das sie vor ein paar Wochen heruntergeladen hatte. Vielleicht hatte sie beim Laufen die Krone unter der Jacke so stark an sich gedrückt, dass sich das Handy von alleine eingeschaltet hatte.

Was ist das?, fragte Klara erschrocken.

Noch ein Wunder!, rief Bella. Lauf und hol Hilfe!

Ohne eine Sekunde zu überlegen, holte sie das Handy aus der Jacke. Auf dem Display flog Harry Potter auf dem Wunderbesen über Hogwarts hinweg, und ihm hinterher jagte ein wutentbrannter Drache.

Bella blieb stehen und streckte die Hand mit dem Handy und dem Feuer speienden Drachen den Gebrüdern entgegen. Sie hoffte, dass nur sie selbst unsichtbar war, und nicht die Gegenstände, die sie berührte.

Klara, lauf!, rief sie noch einmal. Ich halte sie auf!

Stepanko und Andrijko blieben wie versteinert vor dem Handy stehen.

Sie starrten auf das wundersame Gerät und das blendende Feuer, das der Drachen spuckte, und konnten sich weder vor noch zurück bewegen. Es musste ihnen wie Hexerei vorkommen. Bella machte den Ton noch lauter und bewegte das Handy auf die Gebrüder zu. Beide begannen zu schluchzen.

Als Klara, von ihrem Vater begleitet, nur wenige Minuten später wieder auftauchte, ergriffen sie die Flucht.

Klaras Vater lief hinter ihnen her und rief ihnen nach:

Alles, was ihr gegen uns plant, wird sich gegen euch wenden!

Seine Stimme klang drohend. Und er schwenkte dabei seinen Gebetsmantel durch die Luft. Die weißen Schaufäden an den vier Ecken des TALLITS flatterten ihm ins Gesicht und streiften seinen Bart. Je schneller er lief, desto mehr vermischten sie sich mit seinen langen, grauen Haaren, die im Wind wehten.

Alles, was ihr gegen uns plant, wird sich gegen euch wenden!, wiederholte er.

Für Bella klang dieser Satz nach mehr als nur nach einer bloßen Drohung. Er kam ihr wie ein Warnruf vor. Und der Vater wie ein Prophet.

Du hast mich gerettet, Bella!, rief Klara ihr zu und nahm sie in den Arm.

Bella war glücklich, Klara wieder in Sicherheit zu wissen.

Mein Smarti hat dich gerettet, nicht ich, sagte sie.

Was ist das überhaupt?, staunte Klara. Es sieht aus wie die sprechende, schwarze Kiste, die ich bei dir zu Hause gesehen habe, nur kleiner.

Bei mir zu Hause hast du einen Fernseher gesehen, sagte Bella. Und das hier ist ein Mobiltelefon, sehr klug und total praktisch.

Klug? Wie kann so ein Ding klug sein?

Und ob! Es kann richtig denken.

Klara lachte.

Bella zuckte mit den Achseln und öffnete ihre Jacke.

Hier, sagte sie und zeigte Klara die Hälfte der Krone, die sie die ganze Zeit fest an sich gedrückt hatte, um sie nicht zu verlieren.

Klara klatschte freudestrahlend in die Hände.

Du hast es geschafft, Bella!, rief sie. Du hast es geschafft!

Wir haben es geschafft, erwiderte Bella und reichte Klara den wiedergewonnenen Teil der Krone.

Die Wundersteine leuchteten auf. Auf den ersten Blick sahen sie genauso aus wie die Steine auf der anderen

Hälfte der Krone. Doch im Tageslicht fiel Bella etwas auf, das sie in der dunklen Speisekammer nicht bemerkt hatte: An der Stelle zwischen dem Rubin und dem Topas gab es eine Beule. Sie war zwar klein, nicht größer als eine zwei Cent Münze, aber sie dämmte das Leuchten der beiden Steine ein.

Siehst du die Beule?, fragte sie Klara.

Klara schaute genau hin und nickte.

Und an der Stelle, an der die Krone gebrochen ist, fehlt auch ein wenig Silber, fügte Bella hinzu.

Du hast recht, erwiderte Klara. Hier müssen die beiden Teile zusammengegossen werden. Aber uns fehlt das Silber dafür.

Nein!, rief Bella und fasste sich ans Ohrläppchen. Ich hab welches.

Klara sah mit Staunen zu, wie Bella schnell und entschlossen die kleinen Silberstecker abnahm, die sie von ihrer Tante Miriam zum Geburtstag bekommen hatte.

Hier, sagte sie und reichte Klara die Ohrringe.

Es waren runde Silberstecker mit einer Perle in der Mitte und winzigen Zirkoniasteinchen an den Rändern. Sie glitzerten in Klaras Hand.

Aber sie sind sehr schön, Bella, sagte sie. Bist du dir sicher, dass du sie hergeben willst?

Absolut sicher, erwiderte Bella. Und meiner Tante werde ich sagen, dass ich ihr Geschenk jemandem gegeben habe, der in Not war. Sie wird es verstehen.

Du bist eine echte Hadassa-Erbin, sagte Klara mit Bewunderung.

Als Klaras Vater zurückkam, entdeckte er schon von Weitem das Stück von Esthers Krone in der Hand seiner Tochter.

Klara, rief er, mein mutiges Mädchen! Du hast die Krone zurückgeholt!

Klara schüttelte den Kopf.

Nein, Tate, sagte sie zu ihrem Vater. Das war ich nicht.

Wer war es denn sonst?, staunte er.

Sie war es, sagte Klara und zeigte auf Bella.

Wer?, fragte der Vater und sah sich um. Wen meinst du? Hier ist doch keiner außer uns.

Klara sah Bella hilfesuchend an. Bella zuckte mit den Achseln:

Du weißt doch, sagte sie, dein Vater kann mich nicht sehen.

Es war ein anderes Mädchen ... Klara schluchzte. Sie kommt aus der Zukunft und heißt Bella. Sie ist deine Urenkelin und das klügste und mutigste Mädchen, das ich kenne.

Der Vater sah sie fragend an.

Hast du dir diese Bella vielleicht nur ausgedacht, mein Kind, sagte er dann. Um dich im Haus der Amaleks nicht allein zu fühlen?

Nein, sagte Klara und streckte ihm als Beweis Bellas Ohrringe entgegen. Das sind ihre Silberohrringe.

Seltsamer Schmuck, sagte der Vater nach einer Weile. So etwas habe ich noch nie gesehen.

Natürlich, Tate, rief Klara aufgeregt. Weil sie aus der Zukunft sind! Glaub mir doch, bitte ...

Eine Zeitlang standen Vater und Tochter schweigend da und schauten einander in die Augen. Bella hatte Klara noch nie zuvor so verzweifelt gesehen. Sie hatte das Gefühl, als würde Klara alles dafür geben wollen, damit ihr Vater ihren Worten Glauben schenkt. Er stand vor ihr und streifte nachdenklich über seinen langen Bart. Dabei sah er seine Tochter an. Bella schien es, als würde er Klara direkt ins Herz blicken. Schließlich legte er den Arm um sie.

Gut, Klara, sagte er. Wer auch immer dieses Mädchen

ist, ihr wart beide genauso mutig, wie die Königin Esther es einst war. Ich bin stolz auf euch.

Tate!, rief Klara dankbar und versteckte ihr glühendes Gesicht in seiner Hand.

Jetzt dürfen wir aber keine Zeit verlieren, setzte er fort und streichelte Klara übers Haar. Wir müssen die Krone noch zum Schmied bringen, bevor die PURIMFEIER beginnt.

Die Purimfeier

Die alte Drohobyczer Schmiede war nicht weit entfernt. Auf dem Weg dorthin holten sie den zweiten Teil der Krone von zu Hause ab. Um Esthers Krone wieder zusammenzugießen, fehlten sechs Gramm Silber, etwa so viel, wie Bellas Ohrringe wogen. Als der Schmied sie mit den beiden Kronenhälften an der Bruchstelle verschmelzen ließ, blieb nicht einmal eine winzige Ritze übrig.

Die Ohrringe haben millimetergenau die Lücke gefüllt, sagte der Vater nachdenklich, als sie wieder nach Hause gingen. Er war von dem Rätsel immer noch beeindruckt.

Bella hielt stolz die kleinen Perlen, die von den Silbersteckern übrig geblieben waren, in der Hand und wünschte sich, ihr Urgroßvater könnte sie sehen. Sie berührte seinen Gebetsmantel.

Wenigstens kann ich ihn sehen, tröstete sie sich.

Sein Name, den sie von ihrer Großmutter kannte, fiel ihr plötzlich wieder ein: Josef. Und auf einmal war dieser Name lebendig geworden. Sie erinnerte sich auch an den Namen ihrer Urgroßmutter: Bajla Hadassa. Ihre Mutter hatte von ihr den Namen Hadassa bekommen und sie selbst die andere Hälfte: Bella. Wie die beiden Hälften einer Krone, dachte sie und wunderte sich darüber, dass sie das völlig vergessen hatte.

Als sie den Hof betraten, kamen Klaras Mutter und die Brüder ihnen bereits entgegen. Sie waren alle festlich gekleidet: Die Brüder trugen bunte PURIMKOSTÜME, die Mutter ihr feierliches Schabbat-Kleid aus dunkelgrünem Samt und dazu eine zweireihige Perlenkette.

Ein Wunder ist geschehen, sagte die Mutter gerührt, als Klara ihr Esthers Krone zeigte.

Klara lächelte ihre Mutter freudestrahlend an und setzte sich die Krone auf. Mit einem Mal leuchteten die drei Wundersteine mit so viel Kraft auf, dass Bella sich die Augen zuhalten musste.

Sieh hin, Bella, bitte!, rief ihr Klara zu.

Dann wurde das Licht noch stärker. Die Wundersteine strahlten und funkelten noch mehr als je zuvor.

Die Mutter warf Klara einen fragenden Blick zu.

Wie kommt es, dass die Steine so hell leuchten?, fragte sie erstaunt. Das tun sie doch eigentlich nur, wenn ein weiteres Familienmitglied hinzukommt. Aber ich kann niemanden sehen.

Das ist Bella, erwiderte Klara leise.

Bella?, fragte die Mutter. Ist das dieses geheimnisvolle Mädchen aus deinem Traum von heute Morgen?

Klara schüttelte den Kopf.

Nein, Mame, sagte sie. Bella ist meine zukünftige Enkelin. Und sie hat Esthers Krone gerettet.

Die Mutter zog die Augenbrauen in die Höhe. Klaras Brüder sahen einander achselzuckend an.

Tate weiß Bescheid, fügte Klara hinzu und schaute hilfesuchend zu ihrem Vater auf.

Er machte seiner Frau ein Zeichen, das so etwas wie *Wir reden später darüber* bedeutete, und Klaras Mutter nickte verständnisvoll.

Gut, sagte sie zu Klara. Nach der PURIMFEIER wird mir dein Vater alles erzählen, dann werde ich wissen, wer Bella ist. Jetzt müssen wir uns aber beeilen. Vor allem du, Kleines! Du bist noch nicht umgezogen. Lauf schnell ins Haus, dein Esther-Kleid wartet auf dich.

Aber Mame, erwiderte Klara, ich möchte, dass Bella Esthers Kleid trägt.

Nein, du sollst das Kleid tragen!, entgegnete Bella aufgeregt und rüttelte an Klaras Arm.

Ich möchte aber, dass du es anziehst!, Klara gab nicht auf. Und ich möchte, dass du Esthers Krone trägst!

Die Mutter und der Vater sahen einander verwundert an, während ihre Tochter *mit sich selbst* sprach.

Schließlich fiel Bella ein, wie sie Klara überzeugen konnte.

Wenn ich das Kleid und die Krone trage, sagte sie, wird kein Mensch davon etwas sehen. Dann könntest du die Krone gleich zu Hause liegen lassen. Und wenn ich nur das Kleid trage und du die Krone ohne das Kleid, dann würde das Ganze keinen Sinn mehr machen.

Klara dachte nach.

Du hast recht, sagte sie. Aber versprich mir, dass du während der Feier die ganze Zeit an meiner Seite bleibst.

Ich verspreche es, sagte Bella erleichtert.

Klaras Eltern sahen ihrer Tochter nach wie vor mit großen Augen zu, unterbrachen sie jedoch nicht. Bella wunderte sich, mit wie viel Respekt und Geduld sie warteten, bis Klara sich endlich an sie wandte:

Mame, Tate, sagte sie, es ist alles in Ordnung. Ich werde das Kleid und die Krone selbst tragen.

Das schöne, gelbe Esther-Kleid mit dem feinen, purpurroten Glitzer funkelte auf Klaras Bett, als die beiden Mädchen das Zimmer betraten. Es glänzte noch mehr, als in der Nacht zuvor, denn Klaras Mutter hatte die Sterne im Plisseerock mit neuem Glitzer bestickt.

Während Klara sich anzog, sah Bella aus dem Fenster. Klaras Eltern unterhielten sich mit den älteren beiden Söhnen. Der Vater sagte etwas und strich sich dabei nachdenklich über seinen Bart. Inzwischen kam Bella diese Geste schon sehr vertraut vor. Die Mutter hielt einen großen Teller mit gebackenen HAMANTASCHEN in der

Hand und beugte sich leicht nach vorn, um dem Gespräch folgen zu können. Wahrscheinlich erzählt Klaras Vater jetzt von dem Wunder mit den Ohrringen, dachte Bella. Bei dem Gedanken, dass ihre Urgroßeltern über sie sprachen, erfüllte sich ihr Herz mit Freude. Doch gleichzeitig wurde sie traurig.

Was hast du?, fragte Klara. Etwas bedrückt dich, nicht wahr?

Bella drehte sich zu ihr um.

Esthers Kleid machte Klara zu einer kleinen Königin. Sobald sie sich drehte, wippte ihr schöner Plisseerock in die Höhe. Über ihm schwebte durchsichtiger Tüllstoff mit Ornamenten in Rot und Grün, passend zu den Wundersteinen der Krone.

Wie schön du bist, sagte Bella.

Bist du traurig, weil du wieder zurückmusst?, fragte Klara.

Ja, gab Bella zu. Aber vielleicht könnte ich noch ein oder zwei Tage bleiben?

Leider nicht, antwortete Klara und legte den Arm um sie. Die Krone hat gesagt, dass du gleich nach dem PURIMFEST zurückreisen musst. Genau um Mitternacht.

So bald schon? Bella senkte den Kopf.

Sei nicht traurig!

Klara drückte sie so fest an sich, dass einige Glitzerteilchen von ihrem Kleid an Bellas Jacke hängen blieben.

Vorsicht, sagte Bella, sonst ist bald kein Glanz mehr auf deinem Kleid.

Klara versuchte, die Glitzerteilchen von Bellas Jacke abzunehmen, aber sie klebten fest.

Na siehst du, sagte sie. Das Licht von Esthers Kleid wirst du immer bei dir tragen!

Bella nickte.

Und außerdem, fügte Klara hinzu, ich warte doch schon in Berlin mit meinen RUGELACH auf dich!

Na klar doch, Oma, erwiderte Bella schmunzelnd und wandte sich wieder dem Fenster zu.

Auf dem Hof spielten die Zwillinge mit bunten Ratschen und liefen lachend um ihre Eltern herum. Immer wenn sie die Ratschen drehten, wurde es furchtbar laut. Bella erinnerte sich an das Purimfest im letzten Jahr, bei dem alle Kinder ähnliches Spielzeug gehabt hatten. Als der Rabbiner die Purimgeschichte aus der ESTHER-ROLLE vorlas, hatten sie jedes Mal, wenn er das böse Wort Haman sagte, ihre Ratschen gedreht, und es war genauso laut gewesen wie jetzt.

Mosche, Aharon, es ist noch zu früh, Lärm zu machen!, rief Klaras Mutter ihren Söhnen zu. Ihr müsst bis zur Lesung in der Synagoge warten.

Die Zwillinge hörten sofort auf, liefen aber weiter im Kreis herum und kicherten und hopsten. Es war lustig, zu beobachten, wie sie mit den langen, künstlichen Vollbärten spielten, die an ihren Purimmasken klebten.

Warum haben sich Mosche und Aharon wie alte Männer verkleidet?, fragte Bella.

Weil sie wie Moses und Aaron sein wollen, antwortete Klara.

Bella dachte sofort an die KINDER-TORAH, die in ihrem Bücherregal stand. Sie hatte dort die Geschichte über die Wanderung der Juden in der Wüste gelesen. Und sie konnte sich auch an das Bild von Moses und Aaron erinnern, die das jüdische Volk aus der ägyptischen Sklaverei geführt hatten: in langen, bis auf die Fußknöchel reichenden Gewändern, mit grauweißen Haaren und langen Vollbärten.

Was glänzt da an Aharons Brust?, fragte sie Klara. Sind das Steine?

Ja, erwiderte Klara, zwölf kleine Steine. Als Hohepriester, als KOHEN GADOL, trug Aaron eine Brusttafel mit zwölf Steinen, die für die zwölf Stämme Israels standen. Jeder Stamm hatte seinen eigenen Stein und seinen eigenen Namen. Und wenn sie Probleme hatten, gingen sie zu Aaron. Er war ein ganz besonderer Mensch und wusste Rat für alle.

Aus dieser Entfernung sehen die ersten drei Steine so aus wie die Wundersteine in Esthers Krone, staunte Bella, nur kleiner.

Stimmt, sagte Klara. Das ist wirklich so. Esther und Aaron waren sich auch ein bisschen ähnlich. Sie ist ungebeten zu König Achaschwerosch gegangen und hat ihr Leben riskiert, um die Juden zu retten. Und Aaron ist mit seinem Bruder Moses ebenso ungebeten zum Pharao gegangen und hat verlangt, das jüdische Volk aus der Sklaverei zu entlassen. Sie waren alle tapfer und selbstlos.

Eine Weile schwiegen die Mädchen und hörten den fröhlichen Stimmen von Mosche und Aharon zu. Dann setzte Klara Esthers Krone auf.

Jetzt können wir gehen, sagte sie.

Bella sah sie an und wartete darauf, dass die Wundersteine gleich das Zimmer erhellen würden. Doch nur der Smaragd leuchtete.

Die Steine!, rief sie bestürzt.

Was?, fragte Klara erschrocken.

Der Rubin, der Topas!

Was ist damit?!

Sie leuchten nicht!

Klara setzte die Krone ab: Der Smaragd war tatsächlich der einzige Stein, der leuchtete.

Hier, sagte sie aufgeregt und zeigte mit dem Finger auf eine kleine Stelle zwischen dem Rubin und dem Topas. Die Beule ist immer noch da. Das wird der Grund sein.

Ich dachte, der Schmied hätte sie weggemacht.

Das dachte ich auch. Zumal die Krone auf dem Hof so

hell geleuchtet hat wie noch nie. Aber schau mal!, rief Klara. Sie hat einen Riss. Er ist noch ganz frisch!

Die Beule hatte tatsächlich einen winzigen Riss bekommen. Man konnte ihn mit bloßem Auge kaum sehen, doch er verschlang das ganze Licht, das von den beiden Wundersteinen ausgegangen war.

Klara drehte und wendete die Krone.

Die Amaleks haben ihr zu sehr zugesetzt, sagte sie traurig. Und jetzt haben wir wirklich kein Silber mehr, um den Riss verschließen zu lassen.

Verliert die Krone ihre Kraft, wenn die Steine nicht alle leuchten?, fragte Bella besorgt.

Ja. Wenn der Rubin und der Topas nicht mehr leuchten, werden die Amaleks wieder mächtig, selbst wenn die ganze Familie zusammen ist.

Wir müssen etwas tun!, rief Bella.

Wir werden mit meinem Vater sprechen, schlug Klara vor. Gleich nachdem er die Esther-Rolle vorgelesen hat. Jetzt möchte ich nicht, dass er sich Sorgen macht. Einverstanden?

Bella nickte.

Dann setzte Klara die Krone wieder auf, und die Mädchen verließen das Haus.

Die Synagoge war nur fünfzehn Gehminuten entfernt. Klaras Eltern gingen voran, Bella und Klara liefen in der Mitte und ihre Brüder hinter ihnen.

Der Weg führte eine lange und breite Kastanienallee entlang. Um diese Jahreszeit waren die Bäume kahl, aber Bella stellte sich vor, was für ein grünes Meer hier im Sommer rauschen musste. Heute war die Straße überfüllt mit Menschen: Junge und Alte, Reiche und Arme gingen gemeinsam unter den mächtigen, ausladenden Ästen der Kastanien in Richtung Synagoge. Bella fühlte sich wie inmitten einer feierlichen Parade. Noch nie im Leben hatte sie so viele Männer mit schwarzen Kaftans und schwarzen Hüten und so viele Frauen in langen, schönen Röcken gesehen. Selbst die Frauen aus dem Armenviertel trugen zur Feier des Tages ihre besten Röcke. Die Kinder hatten bunte PURIMKOSTÜME an, was die festliche Prozession noch fröhlicher machte.

Bella war stolz, ein Teil ihrer Drohobyczer Familie zu sein und sie zur PURIMFEIER zu begleiten. Als sie Frau Federman und Frau Krebs auf sie zukommen sah, rüttelte sie Klara am Arm und rief:

Schau, Klara, schau! Die beiden tragen einen Apfelstrudel, der so lang ist, dass sie ihn zu zweit kaum halten können!

Klara schmunzelte.

Die hochschwangere Frau Federman ließ sich von Klaras Mutter gleich helfen. Und Frau Krebs begann, mit den beiden über die Dekoration im Festsaal zu sprechen.

Frau Krebs ist für die Speisetafel verantwortlich, flüsterte Klara Bella zu. Alles, was die Leute mitbringen, kommt im Festsaal auf einen großen Tisch und wird nach der Lesung der Esther-Rolle gegessen und getrunken.

Bella war mit ihren Gedanken so sehr bei der kommenden Purimfeier, dass sie den Riss in Esthers Krone schon fast wieder vergessen hatte. Doch jetzt, als sie Klara ansah, fiel er ihr wieder auf.

Die Steine leuchten immer noch nicht, sagte sie besorgt.

Ich weiß, erwiderte Klara. Aber wir haben alles richtig gemacht. Und wenn man alles richtig macht, bekommt man immer auch Hilfe. Zumal heute Purim ist, die Zeit der Wunder. Lass uns abwarten.

Es dämmerte. Bella sah, wie zwei Lampenwärter, jeder mit einer Fackel in der Hand, auf die Straße kamen und die Laternen zum Leuchten brachten. Die ganze Kastanienallee sah binnen weniger Minuten wie eine lange Lichterkette aus.

Das ist unsere SCHUL, sagte Klara, als sie schließlich vor einem prachtvollen und festlich geschmückten Gebäude standen.

Eure Schule?, staunte Bella.

Nein, Klara schüttelte den Kopf. Schul heißt auf JIDDISCH Synagoge.

Die Drohobyczer Synagoge glänzte in Marmor und Bronze wie ein königlicher Palast. Bella hatte noch nie im Leben so eine große und schöne Synagoge gesehen, mit rosafarbenen Fassaden und verzierten Mosaikfenstern.

So grooooß, staunte sie und sah, wie Hunderte von Menschen durch die hohen, weiten Pforten in die Synagoge strömten.

Weißt du, wie viele Juden in Drohobycz leben?, sagte Klara. Fast zwanzigtausend.

Der Innenraum der Synagoge war kreisrund und geräumig, darüber spannte sich ein gewölbtes Dach. Hunderte Sitzbänke standen überall aufgereiht. Und an der Vorderwand erhob sich majestätisch der TORAH-SCHREIN, in dem die TORAH-ROLLEN aufbewahrt werden. Er war mit einem dunkelblauen, samtweichen Vorhang bedeckt, der mit goldenen hebräischen Buchstaben bestickt war. In der Mitte des Raumes stand ein hohes, hölzernes Lesepult.

Schau, sagte Klara, auf dem Lesepult liegt schon die MEGILLEH, aus der mein Vater gleich vorlesen wird.

Bella war von der feierlichen Atmosphäre und den vielen Menschen um sie herum so beeindruckt, dass sie das in eine purpurrote Samthülle eingerollte BUCH ESTHER auf dem Lesepult noch gar nicht gesehen hatte.

Wer hat es überhaupt geschrieben?, fragte sie.

Mordechai selbst, antwortete Klara. Nachdem die Juden

in Persien gerettet und der böse Haman erhängt worden war, hat er diese Geschichte für alle nachkommenden Generationen aufgeschrieben.

Auf einer kleinen Treppe links von dem Lesepult fand Klara einen freien Platz.

Komm, sagte sie zu Bella, stell dich neben mich. Von hier können wir besser hören. Und es ist sehr wichtig, jedes einzelne Wort aus dem BUCH ESTHER zu hören.

Warum?

Damit wir nicht vergessen, dass es Zeiten gab, in denen man uns alle umbringen wollte. Haman selbst ist zwar schon längst tot, aber seine Nachkommen, die Amaleks, sind noch am Leben, verstehst du? Und sie werden sich immer wieder etwas Neues ausdenken, um die Juden zu vernichten.

Bella stieg das Blut ins Gesicht, als sie Klaras Worte hörte.

Sie wusste nämlich etwas aus der Zukunft, das Klara nicht wissen konnte. Deshalb klangen Klaras Worte für sie wie eine Prophezeiung.

Erst in diesem Augenblick wurde ihr bewusst, was für eine Zeit das war, in der sie sich gerade befand: März 1938. Sie kannte die Daten nicht ganz genau, aber sie wusste, dass in nur wenigen Monaten überall die Synagogen brennen würden. Sie wandte sich von Klara ab, weil ihr Kinn zu zittern begann. Das heißt, dachte sie, dass die Geschichte mit dem Judenhasser Haman sich noch einmal wiederholte. Nur hieß der Haman nicht mehr Haman.

Zum Glück bemerkte Klara nicht, wie erschüttert Bella war. Sie rüttelte aufgeregt an ihrem Arm und zeigte in die Richtung des Festsaales.

Schau, schau!

Neben dem großen Saal, auf der Empore, saß auf einem hohen Holzstuhl ein sehr alter, gebrechlicher Mann. Er war anders gekleidet als die übrigen Männer in der Synagoge. Er hatte zwar den gleichen schwarzen Kaftan an wie alle, doch seine Hosen waren knielang. Er trug weiße Kniestrümpfe, flache Filzschuhe und statt des üblichen Hutes hatte er einen runden Pelzhut auf. Um ihn herum versammelten sich viele junge Männer, die zu ihm aufschauten, als würden sie warten, dass er zu ihnen spricht.

Da, siehst du ihn, rief Klara aufgeregt, den alten Mann mit dem SCHTREIMEL auf dem Kopf? Das ist der berühmte REBBE von Drohobycz! Ein großer Gelehrter und ein ZADDIK.

Was ist ein Zaddik?, fragte Bella, die immer noch in Gedanken versunken war.

Ein gerechter Mensch, sagte Klara. In jeder Generation und in jedem Land gibt es einige wenige Menschen, die so gerecht sind wie Aaron oder Mordechai. Um derentwillen bleibt die Welt bestehen. Auf deren Worte hört man immer, wenn es um große, lebenswichtige Entscheidungen geht.

Bella versuchte, sich auf den alten Mann zu konzentrieren.

Und wer sind die jungen Männer um ihn herum?, fragte sie.

Das sind seine Schüler, sagte Klara. Jeder große Zaddik hat viele Schüler.

Bella überlegte, ob sie in ihrer Zeit jemanden kannte, der auch ein Zaddik sein könnte. Aber ihr fiel niemand ein.

Und woher weiß man, dass jemand ein Zaddik ist?, fragte sie.

Klara schaute sie erstaunt an.

Komm mit, erwiderte sie. Du wirst gleich sehen, woher!

Sie nahm Bella bei der Hand. Es war nicht leicht, durch das große Gedränge zu kommen. Die Mädchen kamen nur langsam voran.

Wieso wollen alle zu dem Rebbe?, fragte Bella.

Weil alle hoffen, dass er nach der Lesung der Esther-Rolle einen Segen spricht, erwiderte Klara. Aber ich befürchte, wir kommen nicht durch.

Doch kaum hatte sie das gesagt, teilte sich die Menschenmenge vor ihr.

Lasst das Mädchen mit der Krone durch, hörte sie Männer und Frauen sagen. Der Rebbe möchte sie sprechen!

Klara ging vor. Bella folgte ihr.

Je mehr sie sich dem Rebbe von Drohobycz näherten, desto aufgeregter wurde Bella. Ihr Herz klopfte mit jedem Schritt stärker.

Die tiefen, dunklen Augen des alten Mannes nahmen alles Licht im Raum in sich auf. Und je länger Bella ihn ansah, desto mehr strahlte dieses Licht – so hell wie die Sonne. Er beugte sich zu Klara hinunter und lächelte sie an. Bella stand direkt hinter ihr und konnte jedes Wort hören:

Hier, sagte er und gab Klara eine winzige, silberne Münze. Das ist ein halber Schekel. Er wird reichen, um den Riss in Esthers Krone zu verschließen. Nimm ihn und drück ihn jetzt ganz fest in die Krone hinein.

Klara tat, was er gesagt hatte, und sofort leuchteten der Rubin und der Topas wieder auf. Mit so viel Kraft, dass selbst der hölzerne Stuhl, auf dem der Zaddik saß, in Rot und Weiß zu schillern begann.

Klara hüpfte vor Freude.

Die Krone strahlt wieder!

Auch Bellas Herz erfüllte sich mit Freude.

Der Rebbe strich zufrieden über seinen langen, weißen Bart.

In der heiligen TORAH wird uns geboten, einmal im Jahr einen halben Schekel für den Tempel zu spenden, sagte er. Und die Weisen legten fest, dass diese Spende im Monat

Adar für gute Zwecke zu leisten sei, wenn wir Purim feiern. Also, haben wir jetzt unseren halben Schekel für sehr gute Zwecke gespendet. Nicht wahr, Klara?

Ja, Rebbe, erwiderte Klara. Das haben wir.

Dann beugte er sich wieder nach vorn und sah über Klaras Schulter hinweg, direkt in Bellas Augen:

Und was denkst du?, fragte er sehr leise.

Können Sie mich sehen?!, rief Bella so laut, dass Klara zusammenzuckte.

Sei nicht so laut, flüsterte der Rebbe ihr lächelnd zu. Ich bin zwar alt, aber nicht taub.

Bella und Klara sahen sich verblüfft an.

Der Rebbe gab Bella ein Zeichen, dass sie noch näher an ihn herantreten sollte, und strich ihr mit seinen schmalen, drahtigen Fingern eine Haarsträhne aus der Stirn.

Du kannst die Vergangenheit nicht ändern, kleine Bella, sagte er, als würde er ihren Wunsch erraten, die Juden von Drohobycz vor der drohenden Gefahr zu warnen. Du kannst aber dafür sorgen, dass das Böse aus der Vergangenheit keinen Platz mehr in der Zukunft hat, setzte er fort. Und jetzt geh und vergiss nie, was du heute gehört hast.

Was hat der Rebbe damit gemeint?, fragte Klara, als sie zurück zum Lesepult gingen.

Doch Bella konnte ihr die Frage nicht beantworten. Es war undenkbar, ihr zu erzählen, welches Schicksal den Juden in ganz Europa bevorstand. Zum Glück musste sie sich nichts einfallen lassen, um der Antwort auszuweichen, denn sobald sie auf der kleinen Treppe vor dem Lesepult standen, wurde es still.

Klaras Vater begann mit der Lesung aus dem Buch Esther.

Bella schien es, als wären alle Augen in der Synagoge auf ihn gerichtet. Selbst die Blicke des großen Rebbe von Drohobycz hafteten an den Lippen ihres Urgroßvaters

Josef. Trotz des schwachen Lichts der Kerze, mit der er las, strahlte sein Gesicht. Mit seiner klaren, festen Stimme rezitierte er in einer hohen Oktave die Stelle, in der man von der Rettung der Juden erfährt. Und immer, wenn er die Worte über das große Wunder zitierte, legte sich ein glückliches Lächeln auf sein Gesicht.

Bella hörte ihm mit Begeisterung zu. Doch obwohl so viel Hoffnung und Zuversicht von seinem Lesepult ausging, stieg in ihr das Gefühl der Trauer hoch. Ihre Großmutter hatte oft von ihrem Vater gesprochen. Und von seinem Schicksal. Also wusste Bella, was geschehen würde: im Jahr 1941, gleich nachdem die deutsche Wehrmacht in Drohobycz einmarschiert war. Von hier aus gesehen, dachte Bella, sind es nur drei Jahre, die mein Urgroßvater Josef noch zu leben hat. In drei Jahren wird er von einem Nazi auf der Straße erschossen werden.

Sie konnte die Tränen nicht mehr zurückhalten. Mit verschwommenem Blick sah sie nach oben, wo die Sitzplätze für die Frauen waren. Dort sah sie ihre Urgroßmutter Bajla Hadassa sitzen und ihrem Mann zuhören. Sie wird zusammen mit ihren vier Söhnen ein Jahr später sterben, dachte Bella, während der Flucht aus dem Ghetto.

Der Kloß in ihrem Hals wurde immer dicker. Sie hatte das Gefühl, gleich zu ersticken.

Schnell schlich sie sich aus dem Raum und stieß ihren Atem, den sie unwillkürlich angehalten hatte, erst draußen aus. Ihre Knie zitterten noch, als sie vor der Tür stand.

Es war kalt, die Luft roch nach feuchtem Schnee. Sie atmete tief ein und aus, solange bis sie sich beruhigt hatte. Nur Klara wird überleben, dachte sie, die Einzige aus der ganzen Familie. Von ihrer Großmutter wusste Bella, dass sie auf der Flucht aus dem Ghetto von einem ukrainischen Mädchen gerettet und in einem Keller versteckt worden war. Mit einem Mal schoss Bella der Gedanke durch den

Kopf: Vielleicht war das Oksanka aus dem Armenviertel, die meine Großmutter gerettet hat? Aber natürlich! Es musste die rothaarige, Oksanka gewesen sein. Ihrer Barmherzigkeit war es zu verdanken, dass sie noch eine Großmutter hatte, ja dass sie selbst überhaupt auf der Welt war!

Plötzlich hörte sie Schritte hinter sich. Klaras Hand berührte ihre Wange.

Hast du geweint?, fragte sie.

Bella schwieg.

Es fiel ihr schwer, vor Klara die Wahrheit zu verheimlichen. Aber sie durfte ihr nichts sagen. Sie musste an die Worte des Rebbe denken: Die Vergangenheit lässt sich nicht ändern. Also nahm sie sich zusammen und umarmte Klara fest.

Du wirst mir fehlen, sagte sie nur.

Du mir auch, sagte Klara und legte ihr den Arm um die Schulter. Aber jetzt komm! Hier ist es kalt, und bis Mitternacht ist noch Zeit. Lass uns jetzt in den Festsaal gehen und Mames HAMANTASCHEN essen. Was hältst du davon?

Bella nickte.

Vielleicht nimmst du welche mit nach Berlin?

Im Festsaal spielte man Musik und tanzte. Selbst der Rebbe von Drohobycz ging, von seinen Schülern gestützt, tänzelnd um den Tisch. Einige Männer sangen fröhliche Lieder und spielten Purimspiele. Einer von ihnen war als Purimkönig verkleidet, die anderen als seine Fürsten und Räte.

Bella aß ein wenig von den Hamantaschen ihrer Urgroßmutter, sie schmeckten köstlich, doch viel Appetit hatte sie nicht. Als Klara nach ihr rief, um zusammen in einem Mädchenkreis zu tanzen, schüttelte sie den Kopf.

Sie ließ sich auf einen Stuhl sinken und sah dem Geiger zu, der zu spielen begann.

Die Melodie erinnerte sie an ein altes, jiddisches Lied, besinnlich und fröhlich zugleich. Der Geiger berührte die Saiten mit dem Bogen, aber die Töne entstanden dazwischen, als spielte er in der Luft.

Die Musik ... das ist FREJLOCHS, flüsterte Klara Bella zu und stellte sich in den Mädchenkreis.

Wie schön sie tanzte! Wie grazil ihre Bewegungen waren, wie geschmeidig sie sich vor- und zurückbeugte, ganz im Takt der Musik, und wie flink sie ihre Arme nach vorne warf, wenn sie sich mit einem Mädchen im Kreise drehte.

Glückliches Lachen und lautes Stimmengewirr umgaben Bella. Doch der Gedanke daran, dass den Mädchen in naher Zukunft ein so grausames Schicksal bevorstand und die wenigsten von ihnen überleben würden, ließ sie einfach nicht los. Ihre beglückten Stimmen zogen an ihr vorbei, wurden immer gedämpfter, als wären sie weit, weit weg. Erst als sie Klaras Worte hörte, drangen alle Geräusche wieder an ihr Ohr.

Weißt du, dass ich in zwei Jahren in diesem Festsaal meine BAT MITZWA feiern werde?, sagte Klara.

Sie war nach dem Tanzen noch ganz außer Puste und ihre Wangen glühten.

Bella richtete sich auf und lächelte ihr zu:

Ich werde auch in zwei Jahren meine Bat Mitzwa haben, sagte sie.

Dann werden wir gleichzeitig unsere Bat Mitzwas feiern!, erwiderte Klara fröhlich. Ich hier und du in Berlin.

Bella nickte und zeigte mit einer Kopfbewegung auf die Wanduhr.

Ja, sagte Klara ruhig und ihr Gesicht wurde ernst. Es ist fünf vor zwölf. Du musst zurück.

Draußen schneite es. Doch der Himmel war sternenklar. Die Mondsichel hing direkt über der Synagoge und verbreitete ein schwaches Licht. Die Schneeflocken flimmerten für ein paar Sekunden in diesem Licht und fielen langsam zu Boden. Klara versuchte sichtlich, tapfer zu sein, doch sie konnte ihre Gefühle genauso wenig verbergen wie Bella: Dicke Tränen liefen ihnen über die Wangen. Die Mädchen standen schweigend vor dem Eingang der Synagoge und hielten einander in den Armen. Solange, bis die Uhr zwölf Mal schlug.

Um Mitternacht nahm Klara die Krone ab, küsste die Steine und strich zärtlich über das Silber. Dann reichte sie sie Bella.

Ein Wunder ist geschehen, sagte sie. Esthers Krone ist wieder wie neu. Bitte nimm sie und dreh sie einmal um, damit du in deine Zeit zurückreisen kannst.

Bella nahm die Krone in die Hand und blickte auf die Wundersteine. Sie leuchteten alle gemeinsam auf, genauso wie beim ersten Mal: Der dunkelrote Rubin spiegelte sich im funkelnden Topas wieder, und der Smaragd erhellte mit seinem schimmernden Meeresgrün den Rubin.

Das vertraute Farbenspiel munterte sie auf und machte ihr den Abschied etwas leichter. Klara küsste sie und strich ihr zärtlich übers Haar. Bella drückte sie zum Abschied an sich. Dann schloss sie die Augen, drehte die Krone einmal um und verschwand aus Drohobycz.

Wieder zu Hause

Als Bella die Augen wieder öffnete, stand sie mitten in ihrem Zimmer in Berlin. Das Fenster war geöffnet und milde, sommerliche Morgenluft drang herein. Der Wind wiegte die dicht belaubten Kastanienbaumzweige hin und her. Sie rauschten über der Fensterbank.

Wieder zu Hause, sagte Bella leise.

Eine Weile sah sie sich in ihrem Zimmer um, betrachtete alles, was zu ihrem Leben gehörte: das Spielregal mit den Kuscheltieren aus Lemberg, den Schreibtisch mit dem Eichenstuhl, den ihr Vater für sie gebaut hatte; die schöne CHANUKKIA aus Walnüssen; den dicken, fröhlichen Wecker, der aussah, wie Puuh der Bär, und natürlich ihr Lieblingstierchen, das samtweiche Chamäleon mit den zarten, geschmeidigen Flügeln, das auf dem Schreibtisch stand und auf sie wartete.

Sie lächelte ihm zu und wollte es wie bei der Abreise an sich drücken, doch dann ... Erst jetzt bemerkte sie, dass sie etwas in den Händen hielt.

Esthers Krone!

Sobald sie die Krone ansah, strahlten die Wundersteine – nicht anders als zuvor.

Ihr Herz zog sich zusammen.

Ich habe die Krone entführt!, rief sie bestürzt. Den Familienbesitz!

Ihre Hände zitterten. Der Gedanke, dass sie ihre Familie ohne den Schutz der Krone zurückgelassen hatte, entsetzte sie.

Sie muss zurück!, rief Bella und fing an, die Krone hin- und herzudrehen und an den Steinen zu reiben.

Sie versuchte es immer wieder. Nichts wünschte sie sich in diesem Augenblick sehnlicher, als auf der Stelle wieder in Drohobycz sein. Wenn sie es nur könnte! Doch je mehr sie an den Steinen rieb, desto mehr verzweifelte sie: Es war unmöglich, zurückzureisen.

Tränen liefen ihr über die Wangen, als sie sich plötzlich an die Worte des REBBE erinnerte, dass man die Vergangenheit niemals ändern könne. Es schien ihr, sie würde seine Worte hören, als wären sie ganz lebendig, als flüsterte er sie ihr in diesem Augenblick ins Ohr. Und obwohl sie sich immer noch hilflos vorkam, fühlte sie sich mit einem Mal nicht mehr so verloren.

Vielleicht, dachte sie, war alles so geschehen, wie es geschehen musste?

Ihre Gedanken wanderten zu dem Moment zurück, in dem Klara ihr beim Abschied die Krone in die Hand gedrückt hatte. Ob sie wusste, dass die Krone nach der Zeitreise bei mir bleibt?

Sie versuchte, sich an jedes einzelne Detail zu erinnern. Und plötzlich schoss ihr ein Gedanke durch den Kopf: Aber natürlich wusste Klara, dass die Krone bei mir bleibt! Sie hat sich mit einem Kuss von ihr verabschiedet …

Die Krone strahlte Bella nach wie vor an, während sie reglos mitten im Zimmer stand.

Meine liebste Klara, sagte sie schließlich, sie hat gewusst, dass sie sich von der Krone trennen musste, damit ich zurück nach Hause reisen kann, und hat sich nichts anmerken lassen.

Sie sah erneut auf die Krone. Und je länger sie sie betrachtete, desto deutlicher bemerkte sie, wie die Wundersteine ihr Leuchten nach einem bestimmten Rhythmus veränderten: Mal blitzten sie nur ganz kurz, mal länger auf, mal machten sie eine Pause und dann leuchteten sie beharrlich weiter, als würden sie zu ihr sprechen. Und plötzlich erkannte sie im Inneren ihres Herzens die stille Botschaft der Wundersteine: Ab jetzt gehörte Esthers Krone ihr. Nun war sie für den vierhundert Jahre alten Besitz ihrer Familie verantwortlich.

Diese Gewissheit sorgte für Frieden in ihrem Herzen, und sie konnte wieder klar denken. Sie wischte sich die Tränen ab und stellte Esthers Krone ins Bücherregal, neben das schöne Aufklappbuch über die Purimgeschichte, das sie von ihrer Großmutter im letzten Jahr geschenkt bekommen hatte.

In diesem Moment wollte sie nichts sehnlicher als ihre Großmutter wiedersehen. Sie wäre am liebsten sofort losgerannt, um nach ihr zu suchen, doch sie trug nach wie vor noch Wintersachen. Großmutter wird erschrecken, wenn sie mich so dick eingemummelt sieht, dachte Bella, und zog die Mütze, den Schal, die Stiefel und die Jacke schnell wieder aus.

Dabei fiel ein kleines Stoffbeutelchen aus der Jacke heraus. Sie öffnete es, und ein warmer Marzipanduft stieg ihr in die Nase.

Die HAMANTASCHEN, sagte sie erstaunt.

Es waren tatsächlich zwei Hamantaschen, die ihre Urgroßmutter Bajla Hadassa zur PURIMFEIER gebacken hatte: eine mit Mohn und eine mit Marzipan. Klara musste sie unbemerkt in Bellas Jacke gesteckt haben.

Als Bella den vertrauten Duft einatmete, blitzte vor ihrem inneren Auge das sanfte Lächeln ihrer Urgroßmutter auf, die in der Küche den Teig für die Hamantaschen knetete. Ein Gefühl der Dankbarkeit stieg in Bella auf. Was für ein großes Geschenk, dachte sie, dass ich meine Urgroßeltern sehen durfte. Sie strich vorsichtig über die Hamantaschen, als würde sie sie streicheln, und packte sie wieder in den Beutel zurück. Dann versteckte sie ihn im Bücherregal hinter Esthers Krone.

Schnell zog sie ihren weißen Rock und das bunte T-Shirt an und holte die Sandalen aus der Kommode. Als sie sich aufs Bett setzte, um die Sandalen zu schließen, fiel ihr Blick auf einen kleinen Umschlag. Unglaublich! Da lag der Brief, den sie ihren Eltern und ihrer Großmutter vor ihrer Zeitreise nach Drohobycz geschrieben hatte. Er lag noch genauso auf ihrem Kopfkissen, wie sie ihn abgelegt hatte, sorgsam zu einem Dreieck gefaltet.

Heißt das, dachte sie verwundert, dass keiner meinen Brief gelesen hat?

Sie sah auf die Uhr und traute ihren Augen nicht: Es war sechs Uhr morgens, genau die gleiche Zeit, als sie zusammen mit Klara das Zimmer verlassen hatte, um nach Drohobycz zu reisen.

Heißt das, die Zeit war stehengeblieben?!

Aufgeregt lief sie in den Flur. Vor der geöffneten Küchentür hielt sie inne und stellte fest, dass die Großmutter genau in diesem Moment die gebackenen RUGELACH auf den Orangenscheiben auslegte. Genau das, was sie vor der Zeitreise gemacht hatte!

Bella lehnte sich an den Türpfosten.

Das heißt, stellte sie verblüfft fest, dass niemand hier meine Abwesenheit mitbekommen hat!

Es war nur schwer zu glauben. Aber alles war genauso, wie sie es verlassen hatte.

Bald wird Großmutter in mein Zimmer gehen, dachte Bella, um mich zu wecken und mich mit den Rugelach zu überraschen.

Liebevoll betrachtete sie ihre Großmutter: Wie sie sich über das Blech mit den Rugelach beugte, zwei der schönsten aussuchte und sie auf einen kleinen Teller legte. Ihre Beine waren dick angeschwollen. Großmutters Füße waren erfroren, als sie auf der Flucht aus dem Ghetto durch die Wälder von Drohobycz geirrt war. Sie war damals vierzehn. Seitdem taten ihr die Beine und Füße weh. Sie schwollen an, immer wenn sie mehr als eine Viertelstunde gestanden hatte. Jetzt fingen die Eiterbeulen an den Fußgelenken an, sich bläulich-grün zu verfärben. Sie waren mittlerweile so stark angeschwollen, dass sie selbst aus den weiten, ausgelatschten Pantoffeln herausquollen.

Damit ich mich über die Rugelach freuen kann, dachte Bella, steht meine Großmutter jetzt in der Küche und macht sich ihre Füße noch mehr kaputt.

Beschämt vergrub sie das Gesicht in ihren Händen.

Warum ist es mir früher nie aufgefallen, was sie meinetwegen alles auf sich nimmt?

Bellas Schläfen pochten vor Aufregung.

Jedes Jahr macht sie sich auf die lange Reise von Lemberg nach Berlin, nur um mir zum Geburtstag eine Freude zu machen!

Nie hatte sie ihre Großmutter mehr geliebt als jetzt. Sie konnte sich kaum zurückhalten, um nicht sofort zu ihr zu rennen und sie ganz fest an sich zu drücken, so fest sie nur konnte. Aber sie ging in ihr Zimmer zurück.

Dort zog sie das Nachthemd über und legte sich wieder ins Bett. Sie wollte der Großmutter nicht die Freude nehmen, sie wie jedes Jahr an ihrem Geburtstag mit den frisch gebackenen Rugelach zu *überraschen*. Sie deckte sich zu und wartete.

Als die Großmutter schließlich das Zimmer betrat, schloss sie die Augen und tat, als würde sie noch schlafen.

Ejn sißes Rugele fir mejne siße FEJGELE, hörte sie die Großmutter sagen.

Ein süßes Rugele für mein süßes Vögelchen, flüsterte Bella nach und öffnete die Augen.

Die Großmutter setzte sich zu ihr aufs Bett und nahm ein duftendes Schokoröllchen in die Hand, das auf einer im Teig gebackenen Orangenscheibe lag. Dann reichte sie es Bella und sah sie erwartungsvoll an.

Und obwohl Bella in Drohobycz den festen Entschluss gefasst hatte, keine Süßigkeiten mehr zu essen, biss sie jetzt von dem Rugele ab. Sie wollte ihre Großmutter nicht enttäuschen.

Orangen, Vanillestäbchen und Quark!, rief sie, als würde sie es gerade erraten haben.

Die Großmutter streichelte ihr zufrieden über den Kopf:

Gut geraten! Ejn kluges Käpfele.

Großmutters Haut duftete nach Vanille. Selbst die Ärmel ihres Morgenrocks dufteten danach. Bella wartete keine Sekunde länger.

Danke, BUBBE, sagte sie ergriffen und verbarg ihr Gesicht an Großmutters Brust. Kein Mensch auf der Welt macht solche Rugelach wie du!

Die Großmutter wiegte sie gerührt in den Armen.

Ein liebes FEJGELE bist du, sagte sie sanft.

Eine Weile saßen sie einfach da und schwiegen. Dann unterbrach die Großmutter die Stille.

Hast du heute etwas Schönes geträumt?, fragte sie.

Warum fragst du?

Man sagt, der Traum der Geburtstagsnacht würde manchmal in Erfüllung gehen.

Bella hob ihr glückliches Gesicht und sagte geheimnisvoll:

Ich hab tatsächlich etwas geträumt. Etwas ganz Schönes.

Die Großmutter machte es sich auf Bellas Bett bequem, um ihrer Enkelin zuzuhören. Bella schob ihr ein Kissen in den Rücken und hockte sich neben sie.

Ich hab geträumt, fing sie an, dass ich dich in Drohobycz besucht habe, als du genauso alt warst wie ich.

Großmutter machte große Augen:

Du hast mich besucht, als ich zehn war? Oh, du, meine Güte! War ich wenigstens nett zu dir?

Du warst netter als jeder andere Mensch auf der Welt!

Die Großmutter lachte:

Dann bin ich ja froh. Und was haben wir gemacht?

Wir sind gemeinsam zur PURIMFEIER gegangen, setzte Bella fort, und du hast dort ein wunderschönes, goldfarbenes Kleid getragen, mit purpurrotem Glitzer.

Esthers Kleid!, rief die Großmutter. Du hast von meinem Kleid geträumt!

Jaaaaa, sprach Bella langsam. Und von der wunderschönen Krone, die du auf dieser Feier getragen hast.

Mit einem Mal wurde Großmutters Gesicht ernst. Sie runzelte die Stirn.

Von der Krone?

Bella presste die Lippen zusammen und nickte.

Und wie sah diese Krone aus?, fragte die Großmutter ungeduldig.

Sie war mit vielen bunten Glitzerglöckchen besetzt und mit drei großen Edelsteinen verziert, erwiderte Bella ruhig. Links mit einem roten Rubin, rechts mit einem grünen Smaragd und in der Mitte mit einem durchsichtigen Topas. Sie war wunderschön.

Die Großmutter schüttelte den Kopf.

Das kann nicht sein!, rief sie und wedelte dabei zerstreut mit der Hand vor ihrem Gesicht herum, als wollte sie einen Spuk verjagen. Das ist unmöglich! Wie kannst du von der Krone geträumt haben, wenn ich sie auf dieser Feier gar nicht getragen habe?

Warum denkst du, dass du sie nicht getragen hast?, fragte Bella.

Weil jemand sie kurz davor zerstört hat!

Und woher weiß ich dann, wie sie aussieht?

Großmutter breitete ratlos die Arme aus.

Vielleicht wurde sie gerettet?, Bella gab nicht nach. Vielleicht hattest du sie doch noch auf der Purimfeier getragen?

Nein, sagte die Großmutter mit Nachdruck. Die Krone gibt es nicht mehr.

Bella überlegte kurz, ob sie der Großmutter von dem, was heute Nacht geschehen war, erzählen sollte. Doch sie wollte sie nicht noch mehr beunruhigen.

Vielleicht, sagte sie stattdessen leise und legte ihre Hand auf die der Großmutter, vielleicht habe ich im Traum die Krone gesehen, bevor sie zerstört wurde?

Die Großmutter seufzte.

Vielleicht, sagte sie und erhob sich langsam.

Bella half ihr. Als die Großmutter auf die Beine kam, fiel ihr Blick automatisch auf das Bücherregal und auf Esthers Krone. Und es geschah, was geschehen musste: Die Wundersteine begannen mit so viel Kraft zu leuchten, dass das Regal in allen Farben des Regenbogens funkelte.

WEJ IS MIR!, die Großmutter schlug die Hände vor der Brust zusammen und wurde ganz blass.

Bella griff nach ihrem Ellenbogen, um sie zu stützen.

Alles in Ordnung, Großmutter!, beruhigte Bella sie. Ich werde dir alles erzählen. Komm, setz dich erst mal wieder hin.

Die Großmutter ließ sich wortlos aufs Bett sinken und legte erschöpft die Hände in den Schoß.

Ich hole dir Wasser, sagte Bella.

Und meine Tropfen, sagte die Großmutter leise.

Bella holte Großmutters Herztropfen aus der Küche und reichte ihr ein Glas Wasser.

Großmutter nahm fünfundvierzig Tropfen, trank das Glas in schnellen Zügen aus und sah Bella fragend an:

Wo hast du die Krone her?

Bella setzte sich neben sie aufs Bett, legte ihr die Hand aufs Knie und erzählte ihr die ganze Geschichte.

Die Großmutter hörte ihr mit gesenktem Blick zu, ohne sich zu rühren. Ihre Augen waren die ganze Zeit auf einen einzigen Punkt fixiert: auf Bellas Hand an ihrem Knie. Erst als die Geschichte zu Ende war und Bella ihre Hand zurückzog, hob die Großmutter ihr Gesicht.

Bella hatte sie noch nie zuvor weinen sehen. Selbst wenn ihre Großmutter sehr traurig war, weinte sie nicht. Heute aber sah sie zum ersten Mal, wie Großmutters dunkle, müde Augen blinzelten. Und wie sie in den Winkeln feucht waren.

Ein wahres Wunder, sagte die Großmutter mit heiserer Stimme und wischte sich die Augen.

Bella richtete den Blick zu Boden.

Hätte ich dir lieber nichts erzählen sollen?, fragte sie unsicher.

Doch, sagte die Großmutter, du hast alles gut gemacht, FEJGELE. Es ist nur … es ist nicht leicht an ein Wunder zu glauben, wenn man erwachsen ist. Als Kind habe ich immer gewusst, dass an Purim Wunder geschehen. Aber je älter ich wurde, desto mehr geriet mir dieses Wissen in Vergessenheit. Du hast mich daran erinnert.

Bella atmete erleichtert auf.

Esthers Krone gehört wieder der Familie, sagte sie.

Dafür bin ich dir sehr dankbar, erwiderte die Großmutter und küsste sie auf die Stirn. Ohne dich wäre die Krone für immer verloren gewesen.

Dann nahm Bella ihren ganzen Mut zusammen und fragte:

Haben die Gebrüder Amalek versucht, euch wieder das Leben schwer zu machen?

Ich weiß es nicht mehr, sagte die Großmutter. Aber ich weiß, dass sie, als der Krieg begann, den Nazis halfen, die

Orte im SCHTETL zu finden, wo sich die Juden versteckt hatten. Und nach dem Krieg sind sie aus Drohobycz weggezogen und haben ihre Namen geändert.

Warum?

Damit keiner sie wiedererkennen konnte. Das ist üblich bei den AMALEKITERN, sich unter anderen Völkern zu zerstreuen, damit keiner weiß, wer sie wirklich sind.

Wissen wir bis heute nicht, wer ein Amalek ist?

Leider nicht, sagte die Großmutter.

Eine Weile schwieg Bella, dann fragte sie:

Und Oksanka? War sie das, die dir das Leben rettete?

Ja, sagte die Großmutter, das war die rothaarige Oksanka. Sie lebt immer noch in Drohobycz.

Ist sie noch deine Freundin?

Die Großmutter nickte.

Früher haben wir einander öfter besucht. Aber jetzt, wo wir beide alt geworden sind, sehen wir uns seltener.

Hat sie auch eine Familie?

Sie hat drei Söhne und eine Tochter, die Klara heißt.

Deinetwegen?

Meinetwegen, lächelte die Großmutter.

Dann sprang Bella plötzlich auf, als wäre ihr etwas eingefallen und lief zum Bücherregal.

Das ist auch *deinetwegen,* sagte sie und reichte der Großmutter den Beutel mit den HAMANTASCHEN, den sie dort versteckt hatte.

Die Großmutter öffnete ihn und steckte die Hand hinein.

Das sind die Hamantaschen meiner Mutter!, rief sie ergriffen und holte das Gebäck heraus. Sie sind noch warm!

Behutsam hielt sie die kleinen Kekse in den Händen, als wären sie lebendig und bräuchten Schutz. Bella setzte sich neben sie. Vorsichtig streichelte sie Großmutters kurze, grauweiße Härchen, die hinten am Nacken abstanden, wie bei kleinen Küken, und dachte, dass sie ihre Großmutter noch nie im Leben so glücklich und unbekümmert gesehen hatte.

Das ist das schönste Geschenk, das ich je in meinem Leben bekommen habe, sagte die Großmutter und sog den Duft der Hamantaschen ein, als wollte sie ihn für immer behalten. Dabei hast du heute Geburtstag und nicht ich!

Sie lachten beide und saßen dann eine Weile schweigend nebeneinander, bis die Großmutter die Hamantaschen an Bella reichte.

Probier sie, FEJGELE, sagte sie.

Ich hab sie schon auf der PURIMFEIER gegessen, sagte Bella, viel davon. Diese beiden sind für dich.

Danke, erwiderte die Großmutter und biss von der Hamantasche mit Mohn ab. Dann verdrehte sie genüsslich die Augen, genauso wie die kleine Klara, die das Orangentörtchen in Drohobycz probierte.

Mmmmmm …

Sie kaute ganz langsam und ließ sich jedes kleine Stückchen im Mund zergehen, bevor sie es hinunterschluckte. Dabei schloss sie jedes Mal die Augen und stieß einen glücklichen Seufzer aus. Bella sah mit Verwunderung zu, wie die Falten in ihrem Gesicht, die sich mit den Jahren tief in ihre Stirn, Wangen und Mundwinkel eingegraben hatten, plötzlich wie geglättet wirkten.

Hätte ich das gewusst, dachte Bella, hätte ich ihr einen Sack voller Hamantaschen aus Drohobycz mitgebracht.

Sie richtete sich leise auf, um die Großmutter nicht zu stören und ging zum Bücherregal.

Neben Esthers Krone lag das Aufklappbuch über die Purimgeschichte. Sie öffnete es und sah sich die Bilder an: König Achaschwerosch, dickbeinig und klein, mit mürrischem, hinterlistigem Blick; sein mächtigster Berater Haman, dürr, groß und zornig; Männer in Verbeugung,

Frauen im Knicks, prächtig gekleidet und geschmückt, pompöse Schlösser und Paläste. Während Bella durch das Buch blätterte, wechselten sich die Bilder ab: Sie wuchsen binnen weniger Sekunden aus dem Nichts und zogen sich genauso schnell zurück, als hätte es sie nie gegeben. Doch mittendrin zeigten sich immer wieder zwei Figuren, die so wahrhaftig wirkten, als wären sie nicht aus Pappe, sondern lebendige Menschen: der weise Mordechai im Leinengewand, mit langem, schwarzem Bart und klarem Blick, und die Königin Esther im schlichten Seidenkleid, mit schönem Gesicht und sanften Augen, dunkel und groß, wie zwei reife Kirschen.

Bella schloss das Buch. Der Gedanke, dass sie in der Königin Esther noch vor vierundzwanzig Stunden lediglich eine Märchenfigur gesehen hatte, kam ihr auf einmal fremd vor. Wie konnte ich so etwas Dummes denken?

Sie nahm Esthers Krone aus dem Regal und setzte sich wieder aufs Bett. Dabei war sie so in ihre Gedanken vertieft, dass sie kaum bemerkte, wie die Großmutter ihr übers Haar strich.

Woran denkst du, FEJGELE?, fragte sie.

Bella sah zu ihr auf:

Was ist aus Esther geworden, nachdem die Juden in Persien gerettet worden waren?, fragte sie.

Sie musste im Palast von König Achaschwerosch bleiben, sagte die Großmutter, obwohl sie zurück nach Hause wollte.

Konnte sie ihn nicht überreden, sie freizugeben?

Ich glaube, sie wollte kein Risiko eingehen, erwiderte die Großmutter. Vielleicht hätte er dann gedacht, ihr Onkel Mordechai wäre daran schuld, dass sie zurückwollte. Oder er hätte womöglich alle Juden beschuldigt, sie gegen ihn aufgehetzt zu haben. Das wäre zu gefährlich gewesen. So blieb sie eine Fremde unter den Fremden.

Ihre Familie muss ihr sehr gefehlt haben, sagte Bella nachdenklich.

Ja, stimmte die Großmutter zu. Sie hatte zwar keine Eltern mehr, aber die Familie ihres Onkels bedeutete ihr alles.

So wie mir meine, sagte Bella leise.

Großmutter legte ihr den Arm um die Schultern.

Ihr seid euch ja auch ein bisschen ähnlich, sagte sie.

Ähnlich?, Bella zog verwundert die Augenbrauen hoch. Ich hab aber mein Volk nicht gerettet.

Großmutter lachte.

Man muss nicht gleich das ganze Volk retten, um der Königin Esther ähnlich zu sein, sagte sie und streichelte Bella über die Wange. Aber du hast zum Beispiel deine Angst überwunden und bist nach Drohobycz gereist, um deiner Familie zu helfen.

Bella schmiegte sich dankbar an sie.

Dann war es so still im Zimmer, dass sie das Ticken der Wanduhr im Flur und die leisen Schritte ihrer Mutter hinter der Tür hören konnte.

Als die Mutter das Zimmer betrat, blieb sie erstaunt stehen. Es war ein seltsamer Anblick, der sich ihr dort bot: Ihre Tochter hielt eine Krone in der Hand, ein wahres Schmuckstück aus Silber, mit Edelsteinen verziert. Und ihre alte Mutter saß neben ihrer Enkelin und tat so, als gehöre dieses Juwel, das in ein Königshaus passen würde, zur Familie.

Was ist denn hier los?, fragte die Mutter verwundert. Und warum riecht das ganze Zimmer nach Mohn und Marzipan?

Sie machte einen Schritt auf ihre Tochter zu und richtete den Blick auf die Krone. Die Wundersteine leuchteten sofort auf. Es war auch nicht anders zu erwarten: Denn

beim Anblick einer echten Hadassa strahlten sie mit voller Kraft.

Bellas Mutter wich erschrocken zurück.

Was ist das?!

Bella brachte keinen Ton heraus. Sie war verblüfft, wie sehr ihre Mutter in diesem Augenblick der Urgroßmutter aus Drohobycz ähnelte: so wie sie den Kopf zur Seite neigte und die Augenbrauen hochzog.

Was ist das?, fragte die Mutter noch einmal und hielt sich schützend eine Hand vor die Augen.

Esthers Krone, sagte Bella und drehte die Wundersteine zur Seite, damit sie ihre Mutter nicht länger blendeten.

Wo hast du sie her?!

Die Großmutter kam Bella zur Hilfe.

Aus Drohobycz, sagte sie mit so viel Überzeugungskraft in der Stimme, dass ihrer Tochter nichts anders übrig blieb, als ihr zu glauben. Sie war immer schon im Besitz unserer Familie. Jetzt gehört sie Bella.

Die Mutter kam vorsichtig näher, um sich die Krone genauer anzusehen.

Sie ist wunderschön, sagte sie. Ich habe noch nie im Leben so etwas Schönes gesehen.

Eine Weile betrachtete sie die Krone schweigend, drehte sie hin und her, und berührte dabei die Wundersteine, die sie jedes Mal abwechselnd in Rot, Grün und Weiß anstrahlten.

Aber wo ist sie all die Jahre gewesen?, fragte sie schließlich. Und warum hast du mir nichts von ihr erzählt, Mutter?

Die Großmutter sah Bella an. Ihre Blicke trafen sich.

Das solltest du lieber Bella fragen, sagte sie. Es ist *ihr* Geheimnis.

Doch die Mutter kam nicht dazu, ihre Tochter zu fragen. Denn sobald die Großmutter den Satz zu Ende gesprochen hatte, setzte Bella die Krone auf und begann eine Melodie zu summen. Es war das Lied, das sie noch vor Kurzem in der Synagoge von Drohobycz gehört hatte.

Die Musik … das ist FREJLOCHS, flüsterte die Großmutter ihrer Tochter zu.

Bella summte leise vor sich hin, und die Töne legten sich über das Zimmer weich und zart wie ein Zauber.

Schließlich begann sie zu singen. Und je länger sie sang, desto mehr spürte sie die Kraft der Töne. Sie nahmen Gestalt an und durchdrangen ihren ganzen Körper. Und mit einem Mal brannte alles: in ihren Augen, Ohren, überall.

Die Mutter hockte sich neben das Bett und nahm Bellas Hände sanft in ihre.

Ist alles in Ordnung, Kleines?, fragte sie.

Bella nickte. Und im gleichen Moment hörte sie, wie die Tür ins Schloss fiel und ihr Vater von seiner Reise zurück nach Hause kam. Sie lächelte und schloss die Augen: Sie stellte sich vor, wie sie sich langsam im Kreise drehte, im Takt der Musik, genauso, wie sie die kleine Klara gerade noch in Drohobycz tanzen gesehen hatte – jung und schön, in ihrem goldfarbenen Esther-Kleid mit purpurrotem Glitzer.

Dank

Für ihre Hilfe, für Anregung und Rat möchte ich danken:

Myriam Halberstam, Petra Müller, Kurt Neubert, Miriam Shamis, Eliezer Shlakman und Julia Spinola.

Glossar

ADAR – nach dem jüdischen Kalender der sechste Monat des Jahres. Er hat üblicherweise 29 Tage. Im gregorianischen Kalender beginnt der Adar Mitte Februar und endet im März.

AMALEKITER – ein Stamm im biblischen Land Kanaan, die den Juden schon immer feindlich gesinnt waren und sie immer bekämpft haben. Die Amalekiter gelten als Nachkommen Esaus, des älteren Sohnes Isaak. Der Name Amalek steht für den größten Feind des Volkes Israel.

A MECHAJE *(Jiddisch)* – ein Ausdruck für Freude, Lust und Genuss

BAT MITZWA *(Tochter des Gebots)* – der Tag, an dem ein jüdisches Mädchen die Verantwortung für die Beachtung und Einhaltung der jüdischen Gebote (Mitzwot) übernimmt. Meistens wird dieser Tag in der Synagoge gefeiert.

BUBBE (JIDDISCH) – Großmutter

BUCH ESTHER *(auch* ESTHER-ROLLE, MEGILLEH, MEGILLAT ESTHER*)* – ein Teil der jüdischen Bibel, der zu den fünf Festrollen zählt und die Geschichte der Königin Esther erzählt. Um daran zu erinnern, dass es Esther gelungen ist, den bösen Haman zu besiegen und damit die Juden in Persien zu retten, wird bis heute das Purimfest gefeiert. An Purim wird das Buch Esther aus einer Pergament-Schriftrolle in der Synagoge vorgelesen.

CHANUKKIA – ein neunarmiger Leuchter (Chanukkaleuchter), dessen Kerzen während der acht Tage des jüdischen Chanukkafestes gezündet werden.

CHEDER – Bezeichnung für die traditionellen Talmud-Torah-Schulen. Vor dem Krieg gab es in Osteuropa sehr viele solcher Schulen.

Chuppa – Hochzeitszeremonie, die unter einem Baldachin (der sich ebenso Chuppa nennt) stattfindet. Dieser Baldachin ist nach allen vier Seiten offen und symbolisiert die Bereitschaft des Traupaares, ein gastfreundliches Haus zu führen.

Drohobycz – eine ukrainische Kleinstadt, die südlich der Bezirkshauptstadt Lemberg liegt. In den 30er Jahren des letzten Jahrhunderts war Drohobycz eins der bekanntesten jüdischen Schtetl in Ost-Galizien. Mehr als 15.000 Juden lebten dort. Den Krieg haben nur 400 Juden überlebt. Heute gibt es in Drohobycz keine jüdische Bevölkerung mehr.

Fejgele *(Jiddisch)* – ein Vögelchen

Frejlochs *(auch Frejlachs, Freilag oder Freilach, aus dem Jiddischen: »Fröhlichsein«)* – jüdische Volksmusik, meistens eine fröhliche und dennoch etwas melancholische Melodie. Die Frejlochs-Tradition ist insbesondere im osteuropäischen Kulturraum verbreitet. Viele Klezmer-Ensembles weltweit haben die Frejlochs in ihr Repertoire aufgenommen.

Hamantaschen – ein Purimgebäck in Form eines Dreiecks. Hamantaschen symbolisieren die Ohren des bösen Haman. Meistens werden sie mit Marzipan oder Mohn gefüllt.

Jiddisch – ist eine rund tausend Jahre alte Sprache, die von den aschkenasischen Juden in weiten Teilen Europas gesprochen und geschrieben wurde. Sie hat ihren Ursprung im Mittelhochdeutschen und ist mit vielen hebräischen und slawischen Worten und Ausdrücken versetzt. Sie wurde vor allem von den ost- und westeuropäischen Juden, den Aschkenasim, gesprochen. Durch den Mord an den osteuropäischen Juden starb das Jiddische fast aus. Heute erfährt es eine Wiederbelebung.

Kohen Gadol *(Großer Kohen)* – der Hohepriester. Zu Zeiten des Jerusalemer Tempels galt Kohen Gadol als höchste Autorität im Judentum. Die Kohanim sind Nachfahren Aharons, des ersten Kohen Gadols.

Mesusa *(Plural: Mesusot)* – eine Schriftkapsel, die am Türpfosten eines jeden jüdischen Hauses befestigt wird und das Haus beschützen soll. In ihr befindet sich ein Stück Pergament mit dem handgeschriebenen zentralen jüdischen Bekenntnis, dem Schma Jisrael. An der Mesusa ist ein jüdisches Haus von außen zu erkennen.

MISCHLOACH MANOT *(das Senden von Geschenken)* – ein wichtiges Gebot an Purim. Man sendet an Freunde Geschenke, die aus mindestens zwei verschiedenen Lebensmitteln und einem Getränk bestehen. Diese Geschenke sollten durch einen Dritten überreicht werden, denn sie werden im Buch Esther *mischloach manot* genannt, das Senden von Geschenken.

PESSACH-HAGGADA – ein kleines, oft bebildertes Buch, das sehr anschaulich die Befreiung der Juden aus der ägyptischen Sklaverei beschreibt und die Reihenfolge für das Seder-Festmahl mit Bräuchen und Gebeten am Erev-Pessach (Vorabend des Pessach-Festes) festlegt.

PURIM SAMEACH! *(Fröhliches Purim!)* – eine festliche Begrüßung an Purim

PURIMFEST *(Pur, ein Los)* – der fröhlichste Tag im jüdischen Kalender, der jedes Jahr am 14. des Monats Adar gefeiert wird. Purim erinnert an die Rettung des jüdischen Volkes in Persien. Haman, der höchste Regierungsbeamte des persischen Königs Achaschwerosch, plante damals, alle Juden an einem Tag zu vernichten. Königin Esther bat beim König um die Verschonung der Juden, und anstelle der Juden wurde Haman gehängt. Die Juden feierten ihre Errettung.

PURIMKOSTÜME, -MASKEN – Es ist ein verbreiteter Brauch, sich an Purim zu maskieren und zu verkleiden.

REBBE – die höchste religiöse Autorität und Gelehrter der chassidischen Juden

RUGELACH – gerollte Schokoküchlein, ein traditionelles Gebäck der Aschkenasim

SCHTETL *(auch Stetl, Jiddisch: Städtchen)* – jiddische Bezeichnung für kleine Orte, in denen vor dem Krieg die meisten Juden Osteuropas lebten. Meist handelte es sich um Dörfer, Stadtteile, aber auch um Kleinstädte wie beispielsweise Drohobycz.

SCHABBAT *(auch Sabbat)* – der siebte Tag im jüdischen Kalender. Er beginnt am Freitagabend und endet am Samstagabend. Während dieser Zeit sollte man keine Arbeit verrichten, sondern ruhen und feiern. Für die jüdische Identität ist die Haltung von Schabbat sehr wichtig. Man sagt nicht umsonst: »Mehr als die Juden den Schabbat gehalten haben, hat der Schabbat die Juden gehalten.«

SCHABBATKERZEN – Das Zünden der Kerzen am Vorabend des Schabbats ist einer der bekanntesten und verbreitetsten Bräuche im Judentum. Es ist üblich, dass in den jüdischen Familien die Schabbatkerzen von den Frauen angezündet werden.

SCHTREIMEL – ein runder Pelzhut, der heute vor allem, aber nicht ausschließlich, von chassidischen Juden getragen wird.

SCHUL *(Jiddisch)* – Synagoge

TALLIT – der Gebetsmantel, den Männer in der Synagoge zum Beten anziehen. Er wird aus Wolle, Baumwolle oder auch Seide genäht und ist meistens weiß mit schwarzen oder blauen Streifen.

TORAH – der erste Teil der hebräischen Bibel. Sie besteht aus fünf Büchern: Bereschit, Schemot, Wajikra, Bemidbar und Devarim. In der deutschen Übersetzung werden sie als fünf Bücher Mose bezeichnet: Genesis, Exodus, Levitikus, Numeri, Deuteronomium.

TORAH-ROLLE – eine handgeschriebene Pergamentrolle mit den fünf Büchern Mose in hebräischer Sprache. In den Gottesdiensten wird daraus gelesen.

TORAH-SCHREIN – der Ort, meistens ein großer Kasten, in dem die Torah-Rollen in der Synagoge aufbewahrt werden. Dieser Kasten ist immer gegen Jerusalem gerichtet und wird meist mit einem bestickten Vorhang bedeckt.

WEJ IS MIR *(Jiddisch)* – ein Ausdruck für Sorge und Betrübnis.

ZADDIK – Bezeichnung für einen gerechten Menschen und ein religiöser Titel für eine hoch angesehene, als heilig oder moralisch herausragend geachtete Persönlichkeit im Judentum.

ZIDIVKA *(von Zid)* – osteuropäisches Schimpfwort für Jude

Freiloch

Klezmer

Marina B. Neubert, 1968 geboren, ist in Moskau zweisprachig in Russisch und Deutsch aufgewachsen. Sie studierte an verschiedenen Universitäten Literaturwissenschaft, Germanistik und Journalistik, darunter in Moskau und in San Francisco. Anfang der 90er Jahre kam sie nach Deutschland. 1996 wurde ihr Hörfeature »Erinnerungen« mit dem Axel-Springer-Preis ausgezeichnet. Für ihr dramaturgisches Werk erhielt sie 1994 den Award of Merit der Stadt San Francisco. Marina B. Neubert lebt heute als Autorin und Literaturkritikerin in Berlin.

Lina Bodén ist in Stockholm geboren und aufgewachsen. So lange sie sich erinnern kann, hat sie gezeichnet und wurde von ihren Eltern hierzu ermutigt, besonders von ihrem Vater, der Maler ist.
2007 erwarb sie einen Bachelor in Grafikdesign am Beckmans College of Design in Stockholm und arbeitet seitdem als Illustratorin.

1. Auflage 2015

www.ariella-verlag.de

Umschlaggestaltung und Illustrationen: Lina Bodén
Lektorat: Petra Müller
Layout: Lisa Neuhalfen
Druck: Anrop, Israel

ISBN: 978-3-945530-04-7